A MULHER DE PRETO 2
ANJO DA MORTE

MARTYN WAITES

A MULHER DE PRETO 2
ANJO DA MORTE

Tradução de
RODRIGO ABREU

1ª edição

EDITORA RECORD
RIO DE JANEIRO • SÃO PAULO
2015

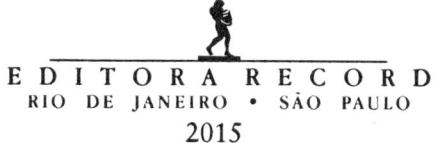

CIP-BRASIL. CATALOGAÇÃO NA FONTE
SINDICATO NACIONAL DOS EDITORES DE LIVROS, RJ

W157m Waites, Martyn
A mulher de preto 2: anjo da morte / Martyn Waites; tradução de Rodrigo Abreu. – 1ª ed. – Rio de Janeiro: Record, 2015

Tradução de: Woman in Black: Angel of Death
ISBN 978-85-01-10321-5

1. Ficção inglesa. I. Abreu, Rodrigo. II. Título.

14-18551

CDD: 823
CDU: 821.111-3

Título original: Woman in Black: Angel of Death

Copyright © Martyn Waites, 2013
Originalmente publicado como Woman in Black: Angel of Death pela Hammer.

Texto revisado segundo o novo Acordo Ortográfico da Língua Portuguesa.

Todos os direitos reservados. Proibida a reprodução, no todo ou em parte, através de quaisquer meios. Os direitos morais do autor foram assegurados.

Direitos exclusivos de publicação em língua portuguesa somente para o Brasil adquiridos pela
EDITORA RECORD LTDA.
Rua Argentina, 171 – Rio de Janeiro, RJ – 20921-380 – Tel.: 2585-2000, que se reserva a propriedade literária desta tradução.

Impresso no Brasil

ISBN 978-85-01-10321-5

Seja um leitor preferencial Record.
Cadastre-se e receba informações sobre nossos lançamentos e nossas promoções.

Atendimento e venda direta ao leitor:
mdireto@record.com.br ou (21) 2585-2002.

EDITORA AFILIADA

A casa

A Casa do Brejo da Enguia. Úmida, em ruínas, rejeitada e inabitada.

Ela se manteve erguida solitária na ilha do Brejo da Enguia durante grande parte do século. Cercada por uma bruma espiralada que a torna mais escura e cinzenta; e por um chuvisco pegajoso e gelado que a deixa menos nítida, a casa se agiganta através da névoa. Vazia. Mas nunca silenciosa.

A água se agita e sussurra ao redor da ilha onde a casa foi construída. Bate nas margens do brejo que cerca a construção. Penetra no solo mais macio, transformando-o em areia movediça, pronta para reivindicar as vidas dos viajantes que se afastaram do caminho, para sugá-los e cobri-los, engolir pessoas inteiras, manter a superfície inalterada, como se ninguém nunca houvesse passado por ali. Sob a superfície, a água se agita com os constantes movimentos escorregadios e contorcidos das enguias; cobras com rostos furiosos, alimentam-se de qualquer ser vivo que se aproxime.

A casa permaneceu imperturbada durante décadas. Como um antigo amontoado de pedras pesadas, ela esmaeceu, mas sobreviveu, ruindo, porém ainda de pé. No entanto, há uma movimentação na ilha, na casa. Recente. Indesejada.

A porta está aberta. Ela lança uma luz à escuridão, faz a poeira se erguer, pequenos animais se esconderem nas sombras. Pinturas foram removidas das paredes; velhas fotografias, documentos, papéis e enfeites foram jogados em caixas, armazenados.

No lugar disso, coisas diferentes entraram na casa. Coisas nada familiares. Coisas estranhas. Pesadas cortinas negras foram postas nas janelas, criando um mundo novo no interior. Camas de ferro fundido foram carregadas escada acima e arrumadas nos quartos, e colchões foram colocados sobre elas. A casa terá novos ocupantes.

Agora, um espesso cabo negro serpenteia o perímetro da casa, adotando formas retorcidas, sinuosas, um espelho sombrio das enguias que se contorcem na água abaixo e em volta da construção. O cabo se conecta a um gerador que emite um zumbido constante nos corredores e nos aposentos. Máscaras de gás estão penduradas em ganchos, seus olhares vazios e esbugalhados anunciando as primeiras boas-vindas que os recém-chegados receberão.

O matagal no entorno da casa também foi limpo. Lentamente, um jardim, há muito incorporado pelos arbustos, começa a despontar. E, com ele, o restante da ilha. Até mesmo as lápides do cemitério tiveram as ervas daninhas e o musgo removidos, tornando os nomes legíveis outra vez.

A casa está pronta.

A casa está esperando.

O garoto

O Spitfire britânico deu uma guinada para cima, então virou e, com os motores zunindo, investiu sobre o pelotão, suas duas metralhadoras frontais disparando rajadas mortais.

Os soldados gritavam *"Achtung! Schnell! Heil Hitler!"*. Eles usavam os uniformes cáqui dos soldados da infantaria britânica, mas exclamavam em um alemão caricato. Os homens caíam de costas e de lado, pesados e imóveis, as pernas para o ar, os braços ainda em riste segurando os rifles.

O Spitfire subiu em mais uma manobra e retornou, silvando ao se aproximar. O piloto se comunicava pelo rádio com o tom suave e calmo típico da Força Aérea Real, o discurso de despedida coberto de estática. O avião estava preparado, pronto para atacar outra vez, para matar os poucos soldados alemães que permaneceram de pé. O manete completamente puxado, o ronco dos motores aumentou...

O avião parou. Totalmente imóvel. Ele pairava suspenso no ar.

O garoto que o segurava ergueu a cabeça, inclinada de lado, para escutar melhor.

Tinha escutado algo. Uma voz. Uma voz que chamava por ele. E apenas por ele.

O menino se virou e caminhou em direção à janela, atraído pela voz. Sua brincadeira, esquecida; estava alheio aos soldadinhos de chumbo no chão. Seus pés desceram os esmagando e fazendo com que estalassem, entortando-os até ficarem deformados.

Ele brincava em um quarto no segundo andar do que havia sobrado de uma casa bombardeada. Sua própria casa ficava do outro lado da rua, a única via que restava na região. Todas as outras haviam sido destruídas pelas bombas alemãs.

A voz era insistente, atraindo-o. Ele chegou à janela, parou diante do vidro quebrado. Inclinou o corpo para a frente, passando a cabeça lentamente pelo quadrado vazio, o pescoço próximo das bordas afiadas.

A silhueta escura de uma mulher estava parada na soleira da porta de uma casa do lado oposto da rua.

— Edward! Edward!

Era a mãe dele.

— Venha cá, agora. Rápido...

O garoto piscou por trás dos óculos de lentes grossas. Ele podia ouvir o ruído de um avião, não o avião da brincadeira anterior, e sim um de verdade. Escutou o ruído novamente. Uma esquadrilha inteira se aproximava e, acima desse som, o lamento familiar e deprimente da sirene anunciando o ataque aéreo.

Ele baixou os olhos para a entrada da casa mais uma vez. Sua mãe gesticulava para ele se apressar, sair daquela casa, descer até o abrigo. Ela vestia o casaco de lã preta, sua peça para casamentos, funerais e missas, aquela que sempre usava durante ataques aéreos.

— Meu único casaco bom. — Ele a ouvira dizer muitas vezes. — Vão ter de me enterrar com ele.

O garoto olhou para a miniatura de brinquedo ainda em sua mão, então se virou para o céu. Aviões de verdade se aproximavam, nenhum deles era um Spitfire. Ele deixou o brinquedo cair no chão e, ao aterrissar, uma pequena nuvem de poeira se ergueu das tábuas de madeira rústicas. Edward virou de costas para a janela, agora ansioso, pronto para descer a escada correndo.

O tempo parou, prendeu a respiração, então acelerou, e o garoto escutou o fim do mundo enquanto era lançado para trás no chão que tremia, o vidro que restava nas janelas se estilhaçando, voando sobre ele.

Quando Edward abriu os olhos, achou que estava no Paraíso.

Piscou. Sentou-se. Não. Ainda estava no quarto do andar de cima, ainda onde havia caído. O garoto fez uma rápida inspeção em si mesmo, descobriu que ainda conseguia se mover. Seu corpo doía, mas ele não parecia ter quebrado nada. Edward deu uma risadinha rouca. Estava vivo. Ele tinha sobrevivido.

Seu rosto estava coçando e molhado, ardendo. Edward passou a mão nele. Parecia uma lixa, áspero e dolorido. Ele afastou a mão e a estudou. Sangue. O vidro estilhaçado o havia cortado.

Ele correu até o que tinha sobrado da janela, pronto para gritar, para dar a boa notícia à mãe, dizer a ela para não se preocupar.

Porém sua mãe não estava lá.

Havia apenas escombros onde a casa ficava, e debaixo do monte de entulhos despontava um pedaço de um casaco preto.

Edward ficou observando fixamente, incapaz de se mover, enquanto compreendia o que havia acontecido. Lágrimas se acumularam em seus olhos, começaram a escorrer pelas bochechas, misturando-se ao sangue.

Sua mãe havia partido. Ela estava morta.

Sentiu o pesar crescer internamente, fervilhando, sombrio e tóxico. Edward gritava, soluçava e gritava mais um pouco, anunciando sua dor ao mundo, como se ela nunca fosse passar.

Hope in their eyes

Eve Parkins sabia que havia coisas piores a temer que a escuridão. Mas isso não significava que ela gostava do escuro. Ou que um dia fosse gostar.
    A estação de metrô estava se tornando mais familiar que seu próprio quarto. Segura a mesma rotina havia mais de um mês. Deitar tremendo no chão esmaecido da plataforma, noite após noite, ao lado de completos desconhecidos enrolados em cobertores se apoiando nos ladrilhos de porcelana da parede, como cadáveres rígidos e amortalhados em um necrotério. Cada um deles rezando para que nesta noite a Luftwaffe errasse o alvo, para que a artilharia antiaérea tivesse sorte, para que a Força Aérea Real obtivesse sucesso em um bombardeio diurno do outro lado do canal para debilitar o contingente alemão.
    E para que ninguém morresse, pelo menos nenhum dos ali presentes. E ainda para que houvesse uma cidade para eles pela manhã.
    Eve observou a fila. Havia todo tipo de gente ali, pensou, na plataforma com ela. Jovens, idosos, gordos, magros e tudo entre esses extremos. Todos diferentes,

mas, ao mesmo tempo, com os rostos exibindo o mesmo cansaço, a mesma desolação.

Alguns tentavam cantar uns versos de "The White Cliffs of Dover" para manter o moral elevado. Após o primeiro a maioria das vozes definhou.

— *I'll never forget the people I met...*

Uma voz solitária continuava cantando, trêmula, ecoando nas paredes frias e se perdendo ao longo do túnel.

— *Braving those angry skies...*

Outros se juntaram mais uma vez, suas vozes comovidas, tentando se elevar. Porém aquilo ainda parecia falso, assombrado.

— *I remember well as the shadows fell, the light of hope in their eyes...*

As vozes desapareceram. Ninguém se moveu.

O ruído dos motores podia ser ouvido do lado de fora, vindo de cima. Todos sabiam o que aquilo significava. As rajadas em *staccato* das baterias antiaéreas que respondiam ao som constante apenas confirmavam a suspeita.

Os bombardeiros estavam de volta.

Ouviu-se um gemido, diferente do som dos motores. Então outro. E mais outro.

Todos prenderam a respiração. As lamparinas a óleo penduradas ao longo das paredes iluminavam corpos trêmulos, olhos amedrontados.

Então as bombas caíram. As paredes estremeceram e balançaram. Gesso e poeira se desprenderam delas. Pessoas se encolheram, pularam. Algumas lamentaram e gritaram, então tentaram recuperar o autocontrole. Não era agradável surtar diante dos outros.

Eve fechou os olhos, tentou se imaginar em outro lugar, em algum lugar quente, ensolarado e seguro.

Outra explosão. Outra chuva de poeira e gesso.

Ela abriu os olhos novamente. De nada adiantava. Estava ali. Agora. As bombas não iriam parar só porque ela desejava isso, então tinha apenas de lidar com a situação.

Eve prestou atenção à fileira de rostos, seu olhar parando sobre um menininho. Estava de pijama, os cabelos desgrenhados. Ele segurava um ursinho de pelúcia esfarrapado, agarrando-se ao brinquedo como se sua vida dependesse daquilo. Com cada explosão distante, os olhos do menino se moviam, aterrorizados, outra lágrima ameaçando se derramar.

Eve sentiu algo dentro dela se partir e foi se sentar ao lado do garoto. Ela sorriu. Era um sorriso caloroso que iluminava seu rosto, oferecendo certo esplendor, mesmo na escuridão iluminada a lamparinas.

— Qual é o nome dele? — perguntou Eve, olhando para o ursinho de pelúcia.

O menino a encarou fixamente, quase incapaz de falar.

— Urso — respondeu depois de algum tempo, sua voz tão esmaecida e debilitada quanto o brinquedo.

— E você está cuidando dele?

O menino fez que sim com a cabeça.

— Então você vai garantir que ele não fique com medo? — continuou ela.

O menino pensou por um instante, olhou para o ursinho, então de volta para Eve. Ele balançou a cabeça de maneira afirmativa.

— Isso é bom — comentou Eve. — A gente precisa de meninos corajosos como você.

O sorriso dela aumentou, fixado no menino, que gradualmente começou a retribuí-lo. Seguro agora, tranquilizado.

— Como você faz isso?

Uma mulher ao seu lado estava encolhida junto à parede em um cobertor. Era mais velha que Eve, apenas alguns anos, porém a preocupação e a exaustão em sua expressão faziam a diferença parecer ainda maior. Eve se virou na direção dela, franzindo o cenho levemente.

— Noite após noite disto — prosseguiu a mulher —, e você ainda sorri...

Antes de responder, Eve olhou mais uma vez para o túnel que se alongava. Ele estava escuro, vazio e parecia infinito.

— Não tem outro jeito, não é? — retrucou, sua voz tão animada quanto ela conseguiu fazer soar.

A mulher não parecia ter tanta certeza daquilo. Era como se a fadiga e o cansaço a consumissem antes das bombas. Ela franziu a testa para Eve, claramente sem acreditar em suas palavras.

Sob o olhar da mulher, o sorriso de Eve titubeou, e ela se virou, olhando para o túnel outra vez.

A manhã seguinte estava triste e cinzenta, deprimente e invernal, enquanto Eve saía da estação de metrô, limpando a poeira das roupas. Ela havia sobrevivido à outra noite.

Eve olhou a sua volta. A cidade estava ainda mais arruinada e marcada pela destruição que na noite anterior. Havia escombros de lojas, bares e casas por todo lado.

Um manequim quebrado estava pendurado na vitrine de uma loja, balançando como um ladrão enforcado. Tudo o que restara do andar de cima era uma parede com uma lareira intacta, mas sem o chão ou a sala em torno. Ao lado dela estava um armário, a porta rangendo na brisa, uma pilha de tigelas de porcelana balançando na prateleira. Elas caíram, estilhaçando-se, juntando-se aos escombros. As fotografias de alguma família voavam pela rua; crianças felizes e sorridentes removidas do lar, memórias, lembranças de uma vida perdidas para sempre.

Eve estava viva. Mas a cidade parecia morta.

Ela verificou seu relógio enquanto corria para casa. Precisava fazer as malas. Eve estava indo embora.

Mais seguras no campo

Eve estava apenas levemente sem fôlego quando, vestida de forma elegante e com a mala na mão, entrou na estação de King's Cross. Ela achava que precisava começar do zero. E hoje seria o dia para fazer isso. Estava indo embora da cidade. Indo a algum lugar seguro.

Fuligem cobria o vidro do teto da estação, enquanto o vapor dos trens flutuava acima das cabeças. O local estava vivo com chegadas e partidas, o clangor e o tinido dos trens e dos passageiros. Reuniões alegres e separações sofridas aconteciam por todo lado. O ar estava carregado de uma energia frenética e nervosa enquanto a esperança e o desespero transformavam idas e vindas rotineiras em questões de vida ou morte.

Cartazes cobriam todas as paredes da estação. Diversas variações das propagandas que diziam "Conversas descuidadas custam vidas" estavam espalhadas, assim como conclamações de "Plante pela vitória". Um homem austero, com rosto vermelho e um olhar furioso, vestido como a personificação do Reino Unido, parado diante de uma fila de soldados da infantaria, apontava um dedo acusatório na direção de todos que passavam e perguntava "QUEM ESTÁ FALTANDO? Seria VOCÊ?".

O cartaz deixou os soldados ainda mais evidentes para Eve. Os jovens otimistas, com a expressão descansada, ansiosos para lutar contra os alemães, contrastando com os homens feridos e enfermos que retornavam: cabeças baixas, olhos voltados para o chão enquanto caminhavam pelo corredor. Os jovens soldados se esforçavam para não olhar para aqueles que retornavam, ignorando a presença deles para evitar que a má sorte se tornasse uma infecção transmitida pelo ar.

Eve ouviu um choro logo atrás dela e, virando-se, viu uma mãe com a filha. Era difícil descobrir quem chorava mais. A mãe se agarrava à filha, e a garotinha fazia o mesmo, até que parentes bem-intencionadas separaram as duas, levando a menina embora.

— É para o bem dela — escutou Eve. — Ela vai estar mais segura conosco.

Eve pensou no menino na estação de metrô na noite anterior. Ela esperava que alguém estivesse cuidando dele, garantindo que estivesse em segurança. O pensamento trouxe lágrimas a seus olhos.

"Mães, enviem-nos para fora de Londres", dizia um cartaz na parede acima da mãe chorosa. Mostrava um menino e uma menina de pijamas e roupões, encostados a um muro de tijolos. Abraçados, assustados e apreensivos, seus olhos tinham expressões sombrias e traumatizadas. Ao lado deles, outro casal de irmãos, mas estes eram querubins bucólicos, loiros e rechonchudos. O garoto, com os cabelos perfeitamente repartidos e engomados, passava um braço protetor em volta da irmã com cabelos cacheados. Os dois pareciam satisfeitos e animados. Sob eles estava enunciada a razão para tal felicidade: "As CRIANÇAS estão mais seguras no campo... Deixem-nas lá."

Eve esperava que isso fosse verdade. Sim. Era tudo o que podia fazer.

Não demorou muito para ela ver a mulher com quem deveria se encontrar. Dez anos mais velha, com olhos frios e costas completamente eretas, parada como se prestasse atenção a tudo a sua volta, Jean Hogg era a diretora da escola de Eve.

Em volta de Jean estava um grupo de crianças, todas parecidas com aquelas assustadas do primeiro cartaz. Jean havia notado algo de errado no casaco de um dos garotos e estava abaixada para ajeitá-lo, reprendendo o pobre menino por não abotoá-lo devidamente, enquanto Eve se aproximava.

— Bom dia, diretora — saudou Eve, com um sorriso no rosto. Então olhou para todos os outros, oferecendo-lhes um sorriso ainda maior. — Bom dia, crianças.

— Bom dia, Srta. Parkins — responderam todas em conjunto, as palavras ditas de forma mecânica nas habituais vozes cantadas.

Algumas foram capazes de retribuir o sorriso. Eve sentiu um calor por dentro quando fizeram aquilo.

Jean se levantou e a examinou cuidadosamente. Durante um segundo, Eve se perguntou se a diretora encontraria algum defeito em seu casaco.

— Você está atrasada — repreendeu Jean.

— Minha... rua foi atingida ontem à noite.

A expressão de Jean sugeria que uma bomba não era desculpa para falta de pontualidade, enquanto Eve observava as crianças. Eram sete, três meninas e quatro meninos, a mais nova tinha 7 anos, a mais velha, 11. Todas levavam suas próprias malas e cada uma carregava uma pequena caixa de papelão com "Máscara de Gás" escrito na lateral. Eram crianças pobres, do centro da cidade, e nenhuma delas estava acompanhada dos pais.

— Devemos procurar o trem? — perguntou Eve.

— Estamos esperando Edward.

Pelo tom de Jean, Eve podia dizer que Edward estava em uma categoria de atraso ainda pior que a dela.

Eve franziu a testa.

— Pensei que a mãe dele o traria aqui.

O olhar gelado de Jean — por apenas um segundo — cedeu.

— A casa deles foi atingida há duas noites. Ele é órfão agora. — Ela deixou de fitar Eve, analisando o corredor. — Aqui está ele.

Eve seguiu os olhos da diretora, ainda tentando absorver o que havia acabado de escutar. Edward — um órfão.

Todas as crianças se viraram para observá-lo se aproximar, cada uma alegando ser a primeira a avistá-lo. Eve sabia como eram as crianças. Qualquer coisa fora do comum, diferente, era um espetáculo, especialmente quando envolvia calamidade e perda. O garoto, querendo ou não, seria agora uma celebridade.

Edward caminhou lentamente em direção ao grupo, um homem mais velho segurava sua mão, acompanhando-o. Mas, ao contrário das outras crianças, ele não tinha uma mala, carregava todos os seus pertences em uma sacola remendada. Os cortes no rosto causados pela explosão estavam sarando e seus óculos foram consertados, porém Eve podia dizer, pela expressão do menino, o quanto ele odiava ser o centro das atenções.

— Vamos lá, Edward, seja um bom menino — encorajou Jean, esperando que sua autoridade fosse notada imediatamente. — Precisamos pegar o trem.

Ela estendeu a mão para Edward, mas ele não fez nenhuma menção de segurá-la, ou mesmo de se mover em sua direção. O garoto se agarrou ao homem a seu lado.

Eve se moveu rapidamente na direção de Edward, agachando-se para ficar na altura dele.

— Edward — disse Eve, tentando fazê-lo olhar para ela —, sinto muito...

Edward não respondeu.

Eve tentou um sorriso.

— Você vai... Você vai vir com a gente agora — continuou ela. — Para longe de tudo isso.

Edward continuou sem responder e Eve acabou se levantando.

— Ele não falou uma palavra desde o acidente — explicou o homem. — Imagino que você seja a professora dele.

— Sim.

— Eu sou só um vizinho. Tenho cuidado dele desde... você sabe. — Ele apertou a mão do garoto carinhosamente. — Vamos lá, Edward. Vá com a moça. Seja um bom menino...

O homem soltou a mão de Edward.

— Não se esqueça dos seus doces — avisou ele, colocando um saco de papel no bolso do menino.

Edward permaneceu mudo.

Eve segurou a mão de Edward e olhou em seus olhos mais uma vez. Eles estavam vazios, silenciosos. Não havia nada ali. Nada que ela pudesse ler.

Nada que ela pudesse alcançar.

Eve o levou até as outras crianças. Estava na hora de embarcarem no trem para ir embora de Londres. Estava na hora de ficarem em segurança novamente.

Fora de Londres

Mesmo no curto espaço de tempo que passaram no trem, Eve notou a mudança no humor das crianças. Conforme os escombros da cidade bombardeada eram substituídos por vilas menores e finalmente pelo campo, a grandiosidade do que estava acontecendo começou a ser percebida por elas. As crianças começaram a ficar inquietas nos assentos, nervosas e animadas. Elas estavam fora de Londres, deixando suas vidas normais para trás, partindo em uma aventura rumo a um novo mundo.

Eve percebeu que as crianças se dividiram em dois grupos no vagão lotado, meninos e meninas. Ela estava sentada com os meninos. Tom era o mais velho e, honestamente, aquele de quem Eve menos gostava. Ela sabia que não era bom uma professora pensar dessa forma, pelo menos não em relação a crianças, mas não conseguia ser diferente. Ele tinha um comportamento maldoso, e ela havia tentado dar um jeito nisso, sem sucesso. Se alguém fosse intimidado, ela sabia por experiência que Tom seria o responsável.

Ao lado de Tom estava Alfie. Acima do peso e extremamente interessado na Força Aérea Real, ele alegava conseguir identificar um avião apenas ouvindo seus motores. Mas, após os ataques aéreos em Londres, aquela não era uma habilidade exclusiva dele. Alfie e Tom olhavam pela janela, fascinados com o que viam.

Diante de Tom e Alfie estavam James e Edward. James era o melhor amigo de Edward, mas ele evidentemente não sabia lidar com a situação atual do colega. Sempre olhava de relance para o menino mudo e triste, o desejo de ajudar em conflito com a incapacidade de fazê-lo estampados em sua expressão. Edward apenas olhava fixamente para o saco de doces no colo.

Jean, com o rosto escondido atrás do *Daily Express*, estava sentada com as três meninas. A mandona Joyce; Ruby, sua fiel escudeira; e Flora. O irmão mais novo de Flora, Fraser, que fungava como se tivesse um resfriado permanente, também estava sentado com elas. Flora deveria estar cuidando dele, mas era evidente que não o fazia no momento. Em vez disso, olhava fixamente para Edward. Eve sabia que Flora tinha uma quedinha por ele, mas a forma como a garota o estava encarando neste momento ia além disso. Eve olhou para as outras crianças. Agora todas estavam observando Edward, fascinadas por sua imobilidade, pelo fato de ele estar simultaneamente com elas e ausente.

Jean abaixou seu jornal.

— É falta de educação encarar, crianças.

Joyce, Ruby, Flora e Fraser imediatamente desviaram os olhos da direção de Edward e ficaram sentadas em um silêncio constrangedor e pasmo.

— Vocês podem conversar entre si — concedeu Jean, sua voz um pouco mais baixa, porém ainda formal. — Baixinho.

Mas elas não conversaram. Não na frente de Jean. A diretora era uma figura imponente demais para elas fazerem isso.

Eve observava a paisagem do campo que passava pela janela, as cores vívidas como um filme em tecnicolor depois da escuridão monótona de Londres. Seus olhos se fecharam.

— Você deve ter começado cedo.

Ela os abriu novamente. Todas as crianças ainda estavam ali, assim como Jean, mas outra pessoa tinha se juntado a eles e ocupava um assento em frente ao dela no vagão lotado.

Ele era jovem e bonito. Essas foram as primeiras características que Eve notou. Também estava vestido com elegância. Seu uniforme da Força Aérea Real indicava o posto de capitão.

— O que você disse? — perguntou ela.

Ele apontou para as crianças. Eve notou imediatamente seus braços fortes, a forma atlética como fez o movimento.

— Para ter oito crianças — explicou ele.

Eve sorriu e sentiu seu rosto corar levemente.

— Elas não são minhas.

O capitão da Força Aérea Real retribuiu o sorriso, erguendo uma sobrancelha.

— Então você as sequestrou?

— Sou a professora delas.

Eve sentiu o calor no vagão aumentar de repente.

— Excursão escolar?

— Não exatamente — respondeu Eve. — Os pais delas não podem sair de Londres e eles não têm outros parentes... — Eve deu de ombros. — Então as levaremos a uma casa no campo.

O capitão franziu o cenho.

— Sozinhas?

— Outras escolas vão estar lá também. — Eve se inclinou para o homem. — Não sei se você ouviu falar, mas tem uma guerra acontecendo.

O capitão sorriu outra vez, pronto para responder, mas a atenção de Eve tinha sido desviada.

— Onde você conseguiu isso?

Ela se dirigia a Tom, o garoto mais velho, que se empanturrava de balas de alcaçuz de um saco.

— Foi James que me deu — respondeu Tom, com a boca cheia.

Eve olhou para James com uma expressão severa.

— James, você sabe que os doces são de Edward.

— Ele não estava comendo — explicou-se James, mas não havia convicção em sua voz.

Eve manteve a calma. Tom devia tê-las tomado e intimidado James para que ele assumisse a culpa. Ela sabia que James era um garoto decente, ao contrário de Tom.

— Devolva os doces e peça desculpas — ordenou ela.

— Sim, professora — acatou James. Ele tomou o saco de doces de Tom e o devolveu a Edward. — Sinto muito — disse ele, olhando nos olhos do amigo.

No entanto, Edward não emitiu nenhum som. Ele nem ao menos se moveu quando o saco foi colocado em seu colo.

— Aonde vocês estão indo?

Era o capitão da RAF novamente. A voz afastou Eve dos garotos mais uma vez. Ela se virou para o homem. Esboçou um sorriso.

— Estou sendo interrogada?

O capitão retribuiu o sorriso. Seus olhos refletiram a luz.

— Talvez.

O sorriso de Eve aumentou.

— Então gostaria de saber seu nome e sua patente.

— Capitão Burstow — respondeu, e Eve quase esperava que ele batesse continência. — Mas pode me chamar de Harry.

— Eve — apresentou-se ela. — Mas pode me chamar de Srta. Parkins.

Desta vez Harry bateu continência.

— Prazer em conhecê-la, Srta. Parkins. E posso lhe perguntar aonde a senhorita está indo?

— Pode — respondeu ela. — Estamos a caminho de Crythin Gifford.

Ele ergueu a sobrancelha novamente, genuinamente surpreso desta vez.

— Sério? Eu também.

— E o que você vai fazer lá?

— Sou piloto de bombardeiro — respondeu ele, tentando não dar muita importância às palavras, pois sabia que aquilo a impressionaria.

Eve deu uma risadinha.

— É o que todos dizem.

Harry deu de ombros.

— Alguém tem de pilotar os aviões.

Sua voz havia mudado, seu tom estava mais sombrio, mais sério.

Notando uma ponta de mágoa em suas palavras, Eve o observou com mais atenção. Havia virilidade em seus modos e ele tinha uma tranquilidade e uma calma que, para ela, sugeriam uma espécie de rebeldia. Porém algo havia brilhado em seus olhos. Apenas por um instante, quando ele respondera sua pergunta; estava lá, então sumira. Sua rebeldia parecia envolver uma espécie de luta interna, para além da guerra no exterior. Mas Eve havia notado e reconhecido aquilo.

Harry desviou os olhos dela, acendeu um cigarro.

— Eu... sinto muito — falou Eve. — Não foi minha intenção...

Ele olhou novamente para ela, com a fumaça escondendo sua expressão.

— É confidencial, então não conte a ninguém. — Ele se inclinou para Eve e a fumaça se dissipou. Havia um brilho em seus olhos. — Ou então vou ter de atirar em você.

— Não se preocupe — respondeu Eve —, pode confiar em mim.

E ela sorriu para Harry mais uma vez. O sorriso que, esperava, deixaria tudo bem.

Edward

Edward estava apavorado. Ele se encontrava na plataforma de uma estação no campo, mas nada era familiar e ele não conseguia ver nenhum conhecido.

Sentiu o pânico crescer. Estava cercado por adultos, apressados, trombando uns nos outros, com seus casacos de lã ásperos se esfregando nele. Edward foi jogado de um lado para o outro. Uma folha ao vento.

Estava perdido. Sozinho.

Fechou os olhos, tentou fazer o mundo desaparecer. Esperou não ver a mesma coisa que sempre via ao cerrá-los.

O sorriso da mãe, seu rosto. Sua voz o chamando.

Então: *o pedaço do casaco preto da mãe saindo de baixo de um monte de escombros.*

Edward abriu os olhos novamente, chocado e surpreso por ainda estar no mesmo local de antes. Por perceber que as pessoas ainda estavam a sua volta, ignorando-o, abandonando-o.

E então viu a mão. A mão de uma mulher. Macia. Amigável. Querendo ajudar. Seu coração começou a bater mais forte, seu sangue correndo mais rápido. Era sua mãe. Ela o havia encontrado. Não estava morta afinal. Edward tinha apenas visto seu casaco, só isso. Sua mãe havia tirado a peça de roupa, ela sobrevivera e estava aqui agora. Para ficar com ele.

Edward piscou e uma onda de tristeza percorreu seu corpo ao perceber que não era sua mãe, afinal de contas. Não chore, disse a si mesmo, porque garotos não fazem isso. Garotos precisavam ser fortes. Garotos precisavam aguentar em silêncio.

Não era sua mãe, não mesmo. Era a Srta. Parkins parada a sua frente, sorrindo. Ele gostava da Srta. Parkins. Ela o fazia se sentir seguro. Ela não havia ido embora, não o havia abandonado. A Srta. Parkins viera procurá-lo.

Ele correu em direção à professora, segurando sua mão, pressionando seu corpo contra o dela. A Srta. Parkins exalava um aroma de flores. Um aroma adorável. E era um aroma de segurança.

— Edward — dizia ela —, encontrei você. Você se afastou...

Ela estendeu o braço, acariciou seus cabelos. Ele pensou em fechar os olhos, mas não o fez.

A professora o levou de volta até o restante do grupo, que ainda estava na plataforma, aguardando. O capitão da RAF dizia que o próximo trem estava atrasado cerca de duas horas e a diretora olhava para o piloto como se fosse culpa dele.

A seu redor, as outras crianças se desentendiam. Flora queria algo, e a Srta. Parkins, tendo se assegurado de que Edward estava bem, soltou sua mão e se aproximou da menina para ver o que estava acontecendo.

Edward olhou para o chão. Havia uma poça congelada dividida por uma grande rachadura. Ele conseguia ver o céu que escurecia refletido nela, as nuvens se aproximando.

Ele pensou na mãe e se sentiu solitário novamente.

Deslocamento

As crianças estavam cansadas. A inquietação de mais cedo havia se dissipado e, entre períodos de cochilo, elas olhavam pela janela do segundo trem, observando uma noite mais escura que qualquer uma que elas já haviam presenciado na cidade. Seus pensamentos estavam estampados em seus rostos. Eve sabia que elas sentiam falta das famílias e dos lares. A jornada as estava inquietando, deixando-as mais ressabiadas com o destino final. Aquilo tinha deixado de ser uma aventura.

Eve não estava surpresa. O trem em que enfim embarcaram era consideravelmente mais antigo e primitivo do que o que tomaram em King's Cross. Ele tinha bancos de madeira no lugar dos assentos estofados, as janelas estavam manchadas de fumaça e óleo, retinindo e rangendo e definitivamente deixando correntes de ar entrar. E, para piorar tudo, a determinação de manter as luzes apagadas fazia com que o trem tivesse de viajar na mais completa escuridão.

Eve olhou a seu redor no vagão. Ao luar, os rostos de todos pareciam pálidos e fantasmagóricos. Edward estava próximo dela, encolhido junto a seu corpo. Ele não havia saído de seu lado desde que se perdera na plataforma. O capitão da RAF, Harry Burstow, estava diante deles. Eve notou alguém do outro lado do vagão.

Uma enfermeira.

Eve sentiu a respiração falhar quando a enfermeira virou lentamente a cabeça e a encarou. Os olhos e as bochechas da mulher eram buracos nas sombras, sua pele tão branca que parecia osso. Eve sentiu o pânico crescer, repentino, agudo, e sua mão foi até a garganta, segurando com força o pingente de querubim que usava.

O coração de Eve acelerou, a respiração dela ficou mais rápida enquanto fechava os olhos e via fantasmas do passado voltando à vida. Desenrolando-se diante de seus olhos como um velho filme monocromático. E lá estava ela em preto e branco. E vermelho. Muito vermelho.

E havia dor. Tantos tipos diferentes de dor...

Não... Não...

Ela fechou os olhos com mais força. Desejou que a lembrança fosse embora.

Quando sentiu que podia abri-los novamente, a enfermeira estava olhando pela janela. Eve afastou os dedos do pescoço, deixou o pingente voltar ao lugar.

— Você está bem? — Harry se inclinou na direção de Eve, a preocupação estampada em seu rosto. — Você pareceu ter ficado... perturbada.

— Estou bem. Obrigada.

Eve respirou fundo. Outra vez. O capitão ainda a observava.

— Você pode parar com isso, por favor? — pediu ela, sentindo calor, apesar do frio que fazia no vagão.

Harry franziu a testa.

— Parar com o quê?

Eve engoliu em seco.

— Parar de olhar para mim.

Ele deu uma breve risada, olhou ao redor, como se pedisse para o luar confirmar suas palavras.

— Mal posso vê-la.

— Bem... — Eve procurou algo para falar. — Pare de tentar.

Ela conseguiu dar seu habitual sorriso, forçando-se a mantê-lo.

— Estou apenas me perguntando...

Harry ergueu a sobrancelha mais uma vez.

— O quê?

— O que você está escondendo por trás desse sorriso.

Eve se encolheu, a lembrança dos segundos anteriores girando em sua mente.

— Faz parte do meu trabalho — declarou ela, tentando fazer a voz parecer condizente com o sorriso.

Harry parecia um pouco contrariado.

— Então você não está sorrindo para mim de verdade?

Eve abriu a boca para responder, porém não conseguiu pensar no que dizer sem insultá-lo ainda mais. A verdade era que ela gostava de Harry, gostava das rugas que se formavam no canto de seus olhos quando sorria. A forma como ele ajeitava os cabelos loiros ondulados quando achava que ela não estava olhando. Mas não gostava da forma como o capitão se concentrava nela, ou do fato de ele ter visto tanta dor e tanto medo em seu rosto. E Eve sabia que nunca mais deveria deixá-lo ver aquilo.

O capitão acendeu um cigarro e, em sua visão periférica, Eve notou Jean revirar os olhos e balançar a cabeça.

Ignorando os dois, ela olhou para Edward. De seu banco, no outro lado do corredor, Flora sorria para ele e, como Edward não sorriu de volta, ela acenou para o menino. No entanto ele não retribuiu o sorriso nem o aceno. Apenas a encarou. Inexpressivo.

Parecia o esqueleto de uma estação, velha e abandonada para apodrecer. As construções eram de tijolos enegrecidos pela fuligem, as telhas estavam soltas e havia algumas faltando, as janelas quebradas, a madeira podre. Um vento gelado assobiou entre eles, agudo como uma flauta. Notas dissonantes em uma sintonia indesejada.

Enquanto a fumaça do trem que partia se misturava à bruma noturna, Eve, Harry, Jean e as crianças se aproximaram para se aquecer na plataforma enquanto um vulto coxeante, sua silhueta mal-iluminada pela centelha de uma lamparina a gás que segurava, caminhava lentamente na direção do grupo.

Eve sentiu as crianças se encolherem com medo do vulto, sobressaltando-se conforme ele se aproximava. Até mesmo Jean havia ficado tensa.

O rosto do vulto se agigantou sobre eles, surgindo da bruma.

— Srta. Hogg, suponho?

Jean se controlou e deu um passo à frente. Qualquer medo que ela pudesse ter sentido com a aproximação do homem havia desaparecido.

— Senhora — corrigiu ela com firmeza, uma ponta de indignação na voz.

O homem riu e fez uma breve saudação com a cabeça.

— Sinto muito. Sou o Dr. Jim Rhodes. Da junta local de educação.

De perto não havia nada de assustador nele. Na verdade, o Dr. Rhodes parecia bastante amigável.

As crianças, não sentindo nenhuma ameaça e vendo que a diretora estava cuidando de tudo, relaxaram um pouco.

Eve sentiu alguém encostar a mão em seu braço. Ela se virou. Harry apontou para a estrada atrás da estação, então para ela.

— Foi um prazer conhecê-la, Srta. Parkins. Eu irei... visitar quando puder.

Seus modos eram formais, porém amigáveis, ainda assim, Eve achou que ele queria dizer algo mais.

— Por favor — disse Eve —, me chame de E...

Jean olhou para ela com uma expressão severa.

— Vamos. Já estamos atrasados para nosso ônibus.

Eve a seguiu pela plataforma, então se virou. Mas era tarde demais. Harry já tinha ido embora. Apenas mais um encontro breve, pensou ela.

O ônibus era quase tão antigo quanto o trem.

Ele seguiu seu caminho desde a estação, com os faróis apagados, pela paisagem plana. Nuvens escondiam a lua e as estrelas. O campo inteiro parecia estar coberto por uma enorme manta do Exército.

Jim Rhodes dirigia com Fraser, o irmão mais novo de Flora, sentado a seu lado. De todas as crianças, ele foi o único que não ficou com medo quando o Dr. Rhodes se aproximou mancando na névoa. Curioso, mas não com medo.

— Por que você manca? — perguntou Fraser, fungando e limpando o nariz na manga do casaco.

Eve se aproximou e tocou o braço do menino.

— Fraser...

Jim Rhodes sorriu.

— Está tudo bem. — Ele se virou para o menino, tentando não tirar os olhos da estrada escura. — Foi na última guerra. Eu fiquei muito perto de uma granada. — O Dr. Rhodes voltou a atenção à estrada a sua frente. — Tive sorte.

Eve se recostou e olhou pela janela. Seus olhos se ajustaram e ela era capaz de perceber variados tons de preto e cinza. Notou também que eles estavam entrando em um vilarejo. Eve conseguia distinguir ruas pavimentadas que se contorciam e chalés de pedra adiante. Ela olhou com mais atenção. Havia algo errado. Havia algo faltando.

Não havia pessoas.

Eve se virou quando Joyce puxou a manga de seu casaco.

— Onde está todo mundo?

Os olhos da menina estavam arregalados, a cabeça inclinada para o lado, perplexa. *Adultos têm todas as respostas*, pensou Eve. *Adultos sabem de tudo.* Ela suspirou.

— Talvez... — Eve olhou pela janela novamente. — Talvez o vilarejo tenha sido evacuado. Por causa da guerra.

Joyce ainda não estava convencida.

— Foi abandonado há anos — explicou Jim Rhodes. — A economia provavelmente desandou.

— Ou... Ou... — Fraser pulava em seu assento. — Ou talvez todos tenham sofrido com a peste...

As outras crianças se animaram com isso e começaram a se interessar pelos arredores, preparando-se para oferecer suas próprias teorias. Eve sabia como isso terminaria e abrira a boca para interrompê-las quando Jean foi mais rápida.

— Já chega. Nada de perguntas durante o resto da viagem.

As crianças ficaram em silêncio imediatamente. Problema resolvido. A expressão de Jean mostrava que Eve era culpada por toda a situação ao encorajá-las. A professora, por sua vez, ignorou-a.

Edward, ainda agarrado a Eve, sentiu o clima entre elas e se prendeu com mais força, quando houve um estrondo.

O ônibus cambaleava de um lado para o outro. As crianças gritaram e se seguraram em seus bancos.

— Droga!

Jim Rhodes parou o veículo, levantou-se de seu assento e apontou para a janela.

— Perdemos um pneu — avisou ele.

O ônibus estava inclinado para o lado. Eve olhou pela janela. No lugar do pneu estava algo que se parecia com uma gigantesca lesma morta.

— Estamos presos aqui — comentou Fraser.

Era difícil dizer se ele estava animado ou aterrorizado.

O vilarejo vazio

As crianças fecharam os casacos e apertaram os cachecóis em volta dos pescoços. Agrupadas do lado de fora do ônibus, batendo os dentes de frio e com as mãos enfiadas nos bolsos, nenhuma delas falava. Eve notou como Flora abraçava forte o irmão. A noite estava demasiadamente fria, porém, Eve percebeu, o calafrio que todos sentiam ia além da temperatura.

O vilarejo estava estranhamente silencioso. Vazio. Não como Londres após os bombardeios, onde ainda havia muitas pessoas circulando, tentando colocar as vidas nos eixos novamente, continuar lutando, seguindo em frente juntas. Isso era o oposto. As construções ainda estavam aqui; foram os habitantes que partiram. Pareciam estar em uma cidade fantasma.

— Fiquem todos juntos...

Eve se virou. Jean dava uma ordem desnecessária às crianças. Nenhuma delas havia se movido.

Atrás dela, Jim Rhodes chutou o pneu, então, praguejando um pouco mais, para si mesmo desta vez, ele seguiu até a traseira do ônibus.

— Tem um estepe no porta-malas — avisou ele.

Jean caminhava a seu lado.

— Vou ajudar.

Jim Rhodes parou de andar e olhou para ela.

— A senhora?

— Já troquei muitos pneus na minha época. — Seus olhos cintilavam enquanto ela falava, os cantos de sua boca erguidos, quase um sorriso. Jim Rhodes o retribuiu. Um pouco afobada, Jean se virou para Edward, que ainda estava agarrado ao casaco de Eve. Ela estendeu a mão. — Edward. Por que você não nos ajuda?

Isso era mais uma ordem que uma pergunta.

Edward simplesmente se agarrou com mais força a Eve.

Jean manteve sua posição, com o braço ainda esticado.

— Vamos lá. Vou mostrar como se troca um pneu.

Ele negou com a cabeça, segurando-se com ainda mais força.

— Acho que ele não vai... — começou Eve, então parou.

Jean marchou em direção a Edward, segurou sua mão e o arrancou da professora.

— Ele não pode ficar agarrado a você o tempo todo — falou, arrastando o menininho assustado com ela. — Fique de olho nas outras crianças, por favor.

Preocupada e um pouco assustada, Eve caminhou pela lateral do ônibus até onde as crianças estavam reunidas. Elas ainda não haviam se movido e estavam todas olhando para o gramado na beira da estrada, olhos arregalados de medo e admiração. Eve correu até elas, imaginando qual poderia ser a fonte do fascínio. Uma ovelha as estava encarando.

— Nunca vi uma ovelha antes... — Alfie parecia chocado. Fraser franziu a testa.

— Por que ela está olhando para a gente?

Flora, Eve percebeu, havia fechado os olhos.

— Faça ela parar...

Joyce se virou para Eve, com as mãos na cintura, assumindo o controle na ausência da Sra. Hogg.

— Professora, ela está assustando as crianças mais novas.

Seu tom de voz exigia que uma atitude fosse tomada. Eve sorriu.

— É apenas uma ovelha. Ela não vai machucar ninguém.

Eve deu as costas às crianças e à ovelha. O vilarejo atraiu sua atenção. Ele se erguia em meio à bruma gelada como um navio abandonado em alto-mar.

Então ela ouviu algo. Distante, mas inconfundível. O som de... O que era aquilo? Vozes? Sim. Cantoria. Vinda do vilarejo.

Havia alguns chalés vazios a sua frente. Eles estavam velhos e seus telhados cediam, com ervas daninhas subindo pelas paredes mofadas. Um dos chalés, ela notou, estava queimado, porém não havia nenhum sinal que indicasse uma tentativa de derrubar o resto da construção ou de consertá-lo. Ele fora simplesmente abandonado. Uma placa de metal quebrada estava pendurada na fachada:

Ilustríssimo Senhor Horatio Jerome,
Advogado.

Eve conseguiu ler aquilo à luz da lua. O som vinha do interior?

Ela escutou. Sim. Achava que vinha.

A professora olhou para a casa chamuscada mais uma vez e sentiu algo. Uma espécie de força, alguma... Ela não conseguia explicar. Nem para si mesma. Um fascínio? Uma atração?

E lá estavam elas novamente. As vozes. Eram vozes de crianças.

Eve olhou novamente para o ônibus, para as crianças paradas ao lado do veículo. Nenhuma delas estava cantando e a essa altura a maioria tentava fazer carinho na ovelha. Jean e Jim Rhodes estavam ocupados com o estepe, e Edward os observava. Nenhum deles parecia ter ouvido as vozes.

Eve se virou outra vez para o chalé queimado. Para o vilarejo congelado na bruma. Ela começou a andar em sua direção.

Logo seus sapatos ecoavam sobre os paralelepípedos das ruas, enquanto ela se aproximava da estrutura carbonizada do chalé. A fachada da construção estava destruída, e as duas janelas do andar superior e o vazio abaixo delas a faziam se parecer com um rosto gritando. Eve tremeu. E escutou.

Crianças cantavam de novo. As palavras eram confusas, carregadas pelo vento, ganhando e perdendo força, mas ela conseguia distinguir algumas. Era uma cantiga infantil, ou uma canção de ninar.

"Jennet Humfrye perdeu o bebê..."

Eve continuou caminhando, as vozes ficando mais altas, as palavras mais reconhecíveis enquanto ela se aproximava.

"No domingo morto, na segunda achado o corpo..."

Ela chegou à praça principal. E parou.

"Quem será o próximo a morrer? Deve ser VOCÊ..."

As vozes cessaram, a última palavra ecoando pela construção de pedra vazia. Eve olhou ao redor, esperando ouvir passos, correria. Até mesmo risadas, enquanto as crianças saíam correndo. Nada. Ninguém. Ela estava sozinha em um lugar vazio.

Então ela ouviu outra coisa. Um som. Vindo de uma das casas.

Eve se virou para ficar de frente para ela. Desta vez não havia nenhuma cantoria, nenhuma voz. Apenas movimentos.

— Olá? — gritou ela, enquanto caminhava lentamente na direção de um dos chalés em ruínas e observando o interior dele.

Embora a janela estivesse imunda com anos de sujeira acumulada, ela foi capaz de distinguir uma pequena sala. As paredes estavam úmidas e os objetos no interior eram escassos e empoeirados. O chalé parecia ter sido abandonado às pressas. Eve tremeu novamente, não apenas por causa do frio.

E então um rosto apareceu diante dela.

Eve gritou.

O idoso

Eve caiu para trás em choque, perdeu o equilíbrio e bateu nos paralelepípedos. Quando olhou para cima, o rosto havia sumido.

Trêmula, ela se levantou, e dessa vez viu a silhueta de um idoso acuado debaixo da janela. Estava com as mãos na cabeça e chorava baixinho.

— Sinto muito — disse Eve, falando com ele através do vidro.

— Vá embora...

O idoso balançava para a frente e para trás.

— Não foi minha intenção assustá-lo.

Ele ergueu uma das mãos e fez um gesto para ela se calar.

— Saia daqui. Saia daqui. Antes que você a veja...

Ele continuou falando, porém as palavras se perderam quando começou a murmurar para si mesmo.

— Não vou machucá-lo.

O idoso começou a se mexer.

— Por favor... — continuou Eve.

Ele se levantou, encostou o rosto no vidro, e Eve recuou um pouco. Seus olhos eram enormes e brancos, penetrantes. Como duas luas leitosas. Ele era cego.

Eve estremeceu.

— Sinto muito se o assustei.

O idoso parecia repetir as palavras de Eve. Ele inclinou a cabeça para o lado.

— Você parece triste.

Eve ficou um pouco surpresa.

— Eu... Eu não estou triste.

— Você está. Você é igual a *ela*.

Ele ergueu a voz e sua mão voou em um gesto, apontando para alguém que nenhum dos dois era capaz de ver.

— Quem? — perguntou Eve. — Eu sou igual a quem?

— Vá embora!

O idoso bateu o punho contra a janela imunda. O vidro se estilhaçou.

— Vá embora...

Ele caiu no chão, curvando-se sobre si mesmo outra vez. Suas mãos cobriram sua cabeça, e ele começou a chorar.

Eve olhou para o ônibus, então voltou sua atenção ao idoso. Ela não sabia o que fazer para ajudar. Ele se lamentava, repetindo para si mesmo sem parar:

— Vá embora... Vá embora...

Prendendo a respiração e tentando não chorar também, Eve correu de volta até o ônibus o mais rápido que pôde.

Passagem das Nove Vidas

— Vejam! Vejam! É um bombardeiro Lancaster! E aquele é um Halifax! E um Spitfire! E... — Alfie se virou para Eve. — Podemos ir vê-los, por favor, professora? Por favor?

— Sente-se, Alfie — pediu Jean antes que Eve pudesse responder.

O garoto se sentou com uma expressão de tristeza no rosto.

Eve olhou pela janela imunda do ônibus para as mesmas silhuetas de aviões que Alfie tinha visto, o mesmo brilho de luzes vermelhas. Mas ela não os viu. Tudo o que viu foi um aviador. Um belo capitão em seu uniforme da Força Aérea Real. Eve se lembrou de seu bom humor, seu sorriso tranquilo. De como ele a havia feito se sentir. E sorriu.

A bruma ficou mais espessa, tornou-se uma entidade instável, rodopiante, quase viva. Em poucos segundos, havia engolido completamente o ônibus.

Jim Rhodes estava concentrado na fina faixa de estrada a sua frente.

— Onde estamos? — perguntou Eve.

— Na passagem das Nove Vidas — respondeu ele, ainda olhando para a frente. — Não se preocupe com isso, é apenas uma névoa que vem do mar. Estou acostumado.

Eve podia ouvir algo acima do ronco do motor. Um ruído que parecia um sopro, sussurrante.

— O que é isso? — perguntou ela. — O senhor consegue ouvir?

— Ouvir o quê? — indagou Jim Rhodes.

— Uma espécie de... Não sei. Um barulho de redemoinho. Farfalhando. Deslizando.

— Devem ser as enguias — explicou Jim Rhodes. — Elas vivem nas águas desse brejo.

Eve sentiu uma pontada de medo. Ela nunca havia gostado de enguias.

Ele notou a expressão da moça e deu uma risada alta e penetrante.

— Ou os pneus na estrada molhada. Você pode escolher.

— O senhor não deveria acender os faróis? — perguntou Jean.

Eve notou que havia um tom de tensão na voz da diretora que ela lutava para controlar.

— Não posso fazer isso, sinto muito — disse Jim Rhodes. — A regra de manter as luzes apagadas ainda se aplica aqui.

— Mas... Mas... — Jean olhava fixamente pela janela, aparentemente fascinada pela névoa úmida e sufocante. — Poderíamos acabar saindo da estrada...

— Também poderíamos acabar debaixo de um bombardeiro alemão.

Um silêncio tenso se instalou enquanto todos procuravam outra coisa com que se preocupar.

Eve procurou Edward e notou que ele estava sentado no fundo do ônibus ao lado de Flora, que segurava a mão dele.

Ela voltou sua atenção ao mundo exterior, bem a tempo de ver uma cruz enfiada na lama ao lado de onde o ônibus passava. Quis perguntar a Jim Rhodes sobre aquilo, mas logo se esqueceu, pois, erguendo-se entre a bruma diante deles, viu uma enorme mansão antiga.

Jim Rhodes suspirou aliviado.

— Bem-vindos à Casa do Brejo da Enguia.

A Casa do Brejo da Enguia

Agourenta e desoladora foram as duas palavras que vieram à mente de Eve enquanto olhava fixamente a fachada da Casa do Brejo da Enguia. A construção se erguia imponente e sólida, um antigo monólito de uma era passada, coberta por bruma e névoa, como a última lápide ainda firme em um cemitério decadente e em ruínas.

Eia deu um passo para trás, tropeçando em um espesso cabo negro.

— Cuidado — falou Jim Rhodes, segurando a moça. — Tem um anexo na lateral onde colocamos o gerador.

Ele apontou para o cabo.

Jean caminhava pelos arredores, familiarizando-se com as novas acomodações.

— Vejam aquilo — indicou ela, apontando para o perímetro do terreno. — Arame farpado. — Jean se virou novamente para ele. — Isso é realmente necessário?

Jim Rhodes deu de ombros.

— Não tem nada a ver comigo. As Forças de Defesa o colocaram ali.

— Para manter os alemães do lado de fora, ou nós do lado de dentro?

Jim Rhodes suspirou conforme guiava as crianças em direção à casa. Olhando incomodada para o arame farpado, Eve o seguiu.

A Casa do Brejo da Enguia não tinha uma aparência melhor no interior. Na verdade, parecia ainda pior. Ninguém morava ali havia décadas — possivelmente nem mesmo havia sido habitada nesse século — e ela claramente fora deixada para apodrecer. A tinta nas peças de carpintaria estava descascando e mofada, o papel de parede rasgado e descolando. Lamparinas a óleo velhas e enferrujadas despontavam das paredes, sem uso e cobertas por teias de aranha. Manchas de mofo preto estavam por toda parte, como se a escuridão do exterior tentasse entrar. As paredes pareciam molhadas ao toque, estava frio e a umidade fazia a pele de Eve coçar e se arrepiar. Aquele era um lugar onde ela sabia que nunca se sentiria aquecida.

O espesso cabo negro em que ela havia tropeçado do lado de fora da casa estava por toda parte. Contorcendo-se parede acima, conectado a lâmpadas empoeiradas, trazendo uma iluminação fraca e bruxuleante para a casa quando Jim Rhodes ligou o interruptor.

Eve e Jean estavam paradas diante da grande escadaria central e olhavam os arredores. Nenhuma delas falou uma palavra.

Jim Rhodes acenou com a cabeça, entendendo erroneamente a expressão de terror das duas como surpresa.

— Grande, não é? — perguntou ele.

Ambas permaneceram caladas. As crianças, reunidas atrás delas, também espiavam o que havia ao redor.

Jim Rhodes caminhou até uma porta dupla de madeira e tentou abri-la. Estava tão úmida e empenada que ele precisou de várias tentativas, mas acabou conseguindo. Dentro do quarto havia duas fileiras de camas de ferro fundido arrumadas. Nenhuma delas estava ocupada.

— O alojamento das crianças — anunciou ele.

Jean examinou o corredor, olhou rapidamente para o quarto das crianças, então novamente para Jim Rhodes.

— Onde estão os outros?

Jim Rhodes franziu a testa.

— Outros?

Jean parecia irritada.

— Os outros. Os grupos das outras escolas.

— Ah. Eles só chegam na semana que vem. Vocês são os primeiros.

Ele sorriu, como se aquilo os tornasse especiais.

— E o senhor espera que vivamos assim?

Jim Rhodes deu de ombros, parecendo se desculpar.

— Bem, ela está...

— Abandonada, Dr. Rhodes — interrompeu Jean. Ela se aproximou dele, sua voz ficando mais baixa. Eve sabia que isso nunca era um bom sinal. — Meu marido é general do Exército e ele não permitiria que seus homens ficassem em um lugar como este, muito menos um grupo de crianças.

Jim Rhodes ergueu as mãos em um gesto de súplica — ou talvez de rendição. Eve não sabia qual dos dois.

— Verdade, ela... Ninguém vive nela há muito tempo, mas tenho certeza de que, quando esse lugar estiver... estiver cheio de pessoas, ele... ele vai ganhar vida novamente.

Ele balançou a cabeça, como se estivesse tentando se convencer daquilo.

Jean claramente não havia ficado impressionada.

— Isso não é bom o suficiente, Dr. Rhodes.

— É tudo o que temos, Sra. Hogg. — A voz de Jim Rhodes se tornou fria.

Eve notou que as crianças se juntaram em volta deles e assistiam à discussão entre os adultos. Virou-se para elas, com um sorriso no rosto.

— Vamos, crianças, vamos desfazer as malas.

Tom não se moveu.

— Não podemos dar uma olhada nos arredores?

Eve continuou sorrindo.

— Primeiro vamos desfazer as malas.

— Mas...

— Onde estão as outras crianças? — perguntou Joyce, sua voz trêmula de preocupação.

Eve abriu a boca para responder, mas Jean falou antes.

— Chega.

Todos ficaram em silêncio.

— Eve, peça para o Dr. Rhodes mostrar a casa a você. Vou cuidar das crianças — ordenou Jean.

— Sim, diretora — respondeu Eve, sentindo, não pela primeira vez, ser uma das crianças, e não a professora.

Jean muitas vezes a fazia se sentir assim. Isso irritava Eve, mas ela sabia qual seria a reação de Jean se ousasse reclamar.

Eve olhou para Jim Rhodes e, juntos, eles começaram a visita guiada pela casa.

No quarto infantil

— Ali fica a cozinha — indicou Jim Rhodes, apontando para uma porta à esquerda —, e a sala de jantar fica nos fundos.
Eve balançou a cabeça, absorvendo tudo.
Jim Rhodes parou repentinamente e tentou olhar para ela, mas não conseguiu encará-la. Ele suspirou.
— Sinto muito por não terem contado a vocês como seria.
— Está tudo bem, doutor — disse Eve, suavemente. — Sei que o senhor é apenas o mensageiro.
Ele lhe ofereceu um breve sorriso e se virou novamente para o corredor.
— Obrigado. Gostaria que todos fossem assim tão compreensivos.
— A Sra. Hogg... leva suas obrigações muito a sério. Ela é responsável pelas crianças e acredita em arregaçar as mangas e cuidar das coisas por conta própria. Ela tem boas intenções.
— É uma forma de interpretar a situação.
— Existe outra?

— Sim. Pessoas como a Sra. Hogg guardam todos os sentimentos e todas as emoções em uma caixa. Elas dizem a si mesmas que estão sendo racionais. A guerra faz isso com algumas pessoas. Sua forma de lidar com a situação, imagino.

— E como o senhor sabe disso?

Jim Rhodes suspirou.

— Eu vi da última vez. Uma porção de companheiros tinha essa atitude e receio que não foram muitos os que voltaram para casa. Eles também tinham boas intenções. — Ele fez uma pausa. — Vamos ao andar de cima?

Eve olhou para a escadaria. Era velha, sólida e parecia resistente, mas a moça se perguntou em que estado ela realmente se encontrava.

— Tem dois quartos para a senhorita e a Sra. Hogg — avisou ele. — Vamos arrumar o restante quando mais pessoas chegarem.

Jim Rhodes gesticulou para que ela subisse. Eve obedeceu, notando que ele vinha mancando atrás dela, notando também que as tábuas do assoalho rangiam e gemiam a cada passo.

— Que tipo de doutor o senhor é, se não se importa com a pergunta?

Neste ponto a escadaria era suficientemente larga para Jim Rhodes caminhar a seu lado.

— Médico.

— Mas o senhor trabalha para a junta de educação?

— Também sou supervisor de defesa antiaérea — ressaltou ele, um pouco na defensiva. — A gente faz o que pode.

O andar de cima parecia ainda mais abandonado que o térreo. Jim Rhodes pegou uma lanterna e a acendeu.

— Ainda não tem luz aqui no andar de cima, infelizmente, mas há muitas velas e lamparinas a óleo.

Sua cordialidade forçada estava ficando menos convincente, pensou Eve. Eles pararam em frente a duas portas, uma de cada lado do corredor.

— Esses dois são os seus aposentos. Vamos manter os outros quartos trancados até o restante das pessoas chegar.

Eve olhou para o fim do corredor. Uma porta estava aberta.

— Todos eles? — perguntou ela.

Jim Rhodes seguiu seu olhar. Então franziu a testa.

— Ah. Achei que havia trancado todos.

Ele se virou, despreocupado, porém Eve ficou curiosa. Algo na porta parecia estar chamando-a, convidando-a a entrar. Ela pegou a lanterna e seguiu pelo corredor, com Jim Rhodes a acompanhando de perto.

— Acho que um dia este cômodo foi um quarto de criança — comentou Jim.

Eve apontou a lanterna para as paredes, iluminando várias camadas de papel de parede descascadas, como anéis de uma árvore. Era possível identificar a idade da casa pela quantidade de papel de parede. Eve parou de se mover, sentindo algo. Algo que não conseguia compreender.

Ela estremeceu.

— Está tão... frio aqui dentro.

— Só tínhamos aquecedores para o andar de baixo — explicou ele.

Ela apertou os braços em volta do corpo, caminhou até a janela, olhou para fora. Podia distinguir uma floresta na bruma, cercando a casa. A lua acima da névoa estava alta e clara no céu, formando uma sombra na parede atrás dela.

— Não quis dizer frio, Dr. Rhodes, não foi o que eu quis dizer. É uma sensação... — Eve inspirou. Fechou os olhos. Era como se houvesse um pensamento, um pensamento importante, fora do alcance da mente. Ou uma emoção que ela não conseguia descrever. Lembrou-se do túnel vazio do metrô em que se abrigava quando estava em Londres. Escuro. Vazio. — Não sei. É uma sensação... triste — explicou ela, passando a mão no pingente de querubim no pescoço.

Jim se aproximou e parou a seu lado, junto à janela.

— Quartos não são tristes, Srta. Parkins. Pessoas são tristes.

Eve continuou olhando para fora, para o mundo enevoado e congelado debaixo deles.

— Vamos — chamou Jim Rhodes. — Vou trancar este quarto quando sairmos.

Ao ouvir suas palavras, Eve respirou fundo e o seguiu, saindo do cômodo.

Mas sua sombra permaneceu exatamente onde estava.

Ela virou a cabeça e observou enquanto os dois se afastavam.

A noite

Fora da Casa do Brejo da Enguia, a bruma ainda cobria o céu e o mar em uma mortalha espessa cinzenta. Jim apertou a mão de Eve.

— Vou tentar terminar todos os reparos o mais rápido possível.

— Obrigada — falou Eve, observando seu corpo curvado, pensando em como repentinamente ele parecia muito mais velho.

Jim Rhodes olhou ao redor, para a casa, para o gramado, para a estradinha, então novamente para Eve. Algo parecia passar por sua cabeça, algo que ele não era capaz, ou que não tinha a intenção, de expressar.

— É um lugar grande — comentou ele, hesitando.
— Vocês vão ter... Vocês vão ter de ficar de olho nas crianças.

— Claro.

— O que quero dizer é que devem mantê-las afastadas da passagem. A maré pode subir muito rápido e a senhorita viu como aquela névoa que vem do mar pode...

Eve colocou a mão delicadamente em seu braço.

— Doutor, ficaremos bem.

De forma relutante, ele retribuiu o sorriso da moça.

— Sim, claro. Sinto muito.

O sorriso do homem desapareceu quando ele viu Jean Hogg aparecer à porta.

— É melhor eu ir embora. Atravessar a passagem enquanto ainda posso. Boa sorte, senhoras — desejou ele, enquanto voltava apressado para o ônibus.

Juntas, Jean e Eve observaram o homem se afastar.

— Ele ainda não ouviu nem metade do que tenho a dizer — comentou Jean, com os olhos brilhando de fúria.

Eve sabia o que vinha a seguir. Ela já havia sido alvo das duras críticas de Jean.

— Não sabia que o marido da senhora era do Exército — comentou ela.

Jean franziu a testa.

— Por que saberia?

Supondo que a pergunta fosse retórica, Eve não respondeu. Em Londres, as vidas particular e profissional de Jean eram mantidas como duas entidades distintas e separadas. As coisas claramente seriam iguais aqui.

— Vamos — chamou Jean. — É melhor começarmos a limpar.

— O quê? Agora? Não deveríamos colocar as crianças na cama?

— Bobagem. Elas podem nos ajudar.

Eve deve ter ficado perceptivelmente surpresa, porque Jean sentiu a necessidade de explicar.

— Elas estão agitadas demais para dormir. E, além do mais, um pouco de trabalho pesado nunca matou ninguém.

Jean entrou de volta na casa, sua postura ereta como de costume, sem dar nenhum indício de que ela havia passado horas em uma viagem cansativa. Eve balançou a cabeça e a seguiu.

Preces

As crianças se sentiam exaustas.

Elas estavam ajoelhadas ao lado de suas camas, vestidas com suas roupas de dormir, olhos bem fechados. Eve e Jean as observavam.

Todas trabalharam duro. Todas receberam tarefas e as cumpriram com precisão militar. Eve tinha espiado Jean algumas vezes enquanto elas trabalhavam e a expressão de orgulho em seus olhos era inconfundível.

Baldes e panelas foram posicionados debaixo de goteiras, o chão foi varrido, o pó acumulado nas superfícies foi retirado. A tarefa de Eve foi pegar um pano e tentar limpar as manchas de mofo que cresciam por toda a casa, espessas e negras, tão escuras quanto sombras. Mas não adiantou. Por mais força que fizesse, por mais que cansasse o braço, o mofo se recusava a sumir.

Em certos momentos, ele parecia crescer enquanto Eve observava. Ou melhor, quando não observava. Ela olhava para a parede, percebia o mofo com o canto do olho e o via se mover, expandir-se. Da mesma forma que ela olhava diretamente para o céu noturno e via constelações inteiras repentinamente se revelarem em sua visão periférica. Então focava no mofo propriamente dito e ele estava exatamente como antes. Ou era o que parecia. Eve suspirou. Talvez fosse apenas uma ilusão. E o fato de estar muitíssimo cansada.

— Há quatro cantos em minha cama...

As crianças falavam em uníssono, entoando as palavras de sua prece com o habitual tom cantado.

— Quatro anjos em volta da minha cabeça... Um para vigiar e um para rezar...

Todas participando, menos uma, Eve notou.

— E dois para levar minha alma.

Edward estava ajoelhado com o restante das crianças, suas mãos juntas, seus olhos fechados. Eve se perguntou para que ele estava rezando, ou se realmente o fazia. Ela sabia em que Edward estava pensando, ou, melhor, em quem ele estava pensando.

Jean bateu uma palma solitária.

— Pronto, crianças, todas para a cama.

Elas obedeceram ao comando, e Eve deu a volta no quarto arrumando seus cobertores e verificando se todas estavam bem. Ela parou junto à cama de Edward e ajoelhou a seu lado.

— Olhe. Se você não quiser falar ainda, está tudo bem. Não tenha pressa.

Edward, obviamente, apenas a fitou fixamente.

Eve se inclinou para ele, sentindo aquele vazio familiar dentro de si, aquela dor profunda da separação. Sabendo como ele devia se sentir.

Ela fechou os olhos. Viu a enfermeira do trem. E se lembrou do terror.

— Sua mamãe vai estar sempre com você — declarou ela a Edward. — As pessoas que perdemos nunca nos abandonam completamente. Acredite em mim...

Edward estendeu o braço e segurou a mão de Eve. Ela ficou tão surpresa que sentiu seus olhos se encherem de lágrimas. Havia conseguido se conectar ao menino. Finalmente.

— Agora — falou Eve —, me prometa que você vai dormir bem esta noite. Nada de sonhos ruins.

Edward balançou a cabeça em afirmativa, seu corpo pequeno e leve debaixo da roupa de cama.

— Você sabe o que é um pesadelo? — continuou Eve. — É a forma que sua mente tem para se livrar de todos os pensamentos ruins. Quando você os sonha, eles vão embora.

Edward estendeu o braço sobre a mesa de cabeceira, encontrou um pedaço de papel e uma lasca de carvão. Ele escreveu algo no papel e o entregou a Eve. Ela leu o recado.

Isso é bobagem, era o que estava escrito.

Eve riu.

— Ah, é mesmo?

Porém Edward já escrevia outra mensagem. Eve esperou pacientemente até ele terminar e lhe passar o papel.

Mamãe diz que se combate sonhos ruins com pensamentos bons.

— Bem, tente isso então, certo?

Eve sorriu mais uma vez.

Edward balançou a cabeça e retribuiu o sorriso.

Jean havia notado que Eve conversava com Edward e agora se aproximava para verificar o que estava acontecendo.

— Vamos fazer você falar amanhã, não vamos, Edward? — perguntou ela, suas costas perfeitamente eretas, seu rosto sério. — Não podemos deixar essa tolice se alongar muito.

O sorriso desapareceu do rosto de Edward.

Eve se levantou, mas o garoto havia segurado seu braço, não querendo deixá-la se afastar. Jean abaixou e afastou a mão de Edward com firmeza.

— Seja um bom menino — disse ela, com um sorriso frágil, afastando Eve dele, em direção à porta do quarto. — Ele precisa aprender — acrescentou, desta vez para Eve.

Eve pensou no que Jim Rhodes tinha falado, em como algumas pessoas guardavam suas emoções em uma caixa e a fechavam, pensando estar fazendo a coisa certa. Seria essa realmente a melhor forma de lidar com crianças?, imaginou ela. E isso ajudaria Edward a superar a perda? Ou o faria senti-la de forma ainda mais aguda?

— Durmam bem — declarou Jean da porta do quarto.

Ao apagar a luz, o quarto foi inundado pela escuridão.

O anexo

Eve tinha apenas mais uma tarefa a cumprir antes de poder dormir. Jean dissera que ela ficaria perfeitamente feliz em fazê-lo, mas Eve podia ver como ela parecia cansada, apesar dos protestos. Então foi assim que, tremendo no frio congelante, Eve se percebeu andando em direção ao anexo, com um ruído alto e pulsante no ar, com uma lanterna na mão.

A grama havia sido cortada nos preparativos para a chegada do grupo, porém o chão ainda estava desnivelado, raízes e pedras esperando para derrubar os descuidados, uma herança dos anos de negligência.

Ela chegou ao anexo e entrou. O som alto e pulsante imediatamente aumentou muito. O gerador era velho, acabado e engordurado. Ocupava a maior parte do aposento, produzindo eletricidade para a casa. Eve apontou a lanterna para a frente da máquina, encontrou o que procurava e girou a chave. O gerador começou a parar.

Eve endireitou a postura. E congelou.

Ela sentiu um espasmo muscular entre as omoplatas, uma inquietação no corpo. Tentou mover os braços, a fim de aliviar aquela sensação, expulsá-la. Não adiantou. Eve sabia exatamente o que era: a nítida sensação de que alguém a observava.

Ela tentou ser racional, imaginar quem poderia ser. Uma das crianças, provavelmente. Não conseguiu dormir e a seguiu até o lado de fora. Edward, talvez, nervoso. Ou Tom, pregando-lhe uma peça. Era exatamente o tipo de coisa que um garoto como ele faria.

Ela se virou rápido, esperando pegá-los no flagra. Não havia ninguém ali. Tentou escutar. Nada além do tique-taque cada vez mais baixo do motor diante dela. Eve olhou pela janela do anexo, procurando por todos os lados, e viu apenas bruma, noite.

A professora se virou novamente para o gerador. Ele havia parado completamente agora. Ela tentou escutar novamente. Nada. Ajeitando a postura, determinada a ser corajosa, Eve se virou, saiu do anexo e caminhou de volta até a casa.

Ao longe uma mulher estava parada, seu vulto delineado contra o vasto céu enevoado, contra a escuridão.

Observando.

Esperando.

O querubim

Assim que entrou, Eve trancou a porta e colocou a chave no bolso. Se houvesse alguma criança do lado de fora agora, pregando alguma peça tola, aquilo lhe serviria de lição. Então Eve se repreendeu por simplesmente pensar em algo tão cruel. Abriu uma das portas do alojamento das crianças e as observou. Estavam todas presentes e bem. Aliviada, ela subiu para dormir.

Seu quarto estava iluminado apenas por velas. Eve havia tirado suas posses escassas da mala e pendurado as poucas roupas que tinha no guarda-roupa. Um diário, que ela colocou sobre a mesa de cabeceira, e algumas peças de joias baratas, mas com grande valor sentimental, completavam seus pertences.

Tirou cuidadosamente o colar de querubim e beijou o pingente, colocando-o sobre a mesa de cabeceira ao lado do diário. Então deu um suspiro triste enquanto olhava para ele. Seu sorriso foi a próxima coisa a ser removida. Não havia ninguém ali para quem precisasse sorrir. Eve olhou para si mesma em um pequeno espelho de bolso. *Pareço cansada*, pensou. *Cansada*.

Eve se deitou e descobriu que sua cama era quase tão fria e úmida quanto o resto da casa. Ela tentou não tremer, relaxar, mas seus olhos não queriam fechar, o sono não vinha. Ficou deitada de barriga para cima, olhando para o teto. Havia uma mancha de mofo sobre a cama. Parecia uma ilha. Divagando, Eve tentou imaginar como seria. Algum lugar distante com palmeiras e praias de areias brancas se estendendo até onde os olhos pudessem ver. O tipo de lugar que só vira em filmes de Hollywood. Enquanto observava a mancha úmida, parte de si, a parte sincera, desejava estar lá, no sol quente, sem se preocupar com o mundo. Nada de guerra, nada de infelicidade. Algum lugar onde pudesse relaxar. Onde ela pudesse sorrir um sorriso sincero.

No entanto, o sono ainda a ignorava, então ela virou de lado e ficou olhando pela janela. Eve podia ouvir o mar por trás das cortinas pesadas, mas sabia que ele não chegava ao litoral tropical. Era frio, severo e batia na passagem. Ela imaginou as enguias na água, arrastando-se e deslizando ao redor umas das outras, amontoadas, rodeando a ilha.

Agitada, Eve se virou para o outro lado.

E se viu em um quarto diferente.

Eve olhou ao redor, olhos arregalados com o choque. Sua cama era agora uma de muitas, uma fileira inteira se estendendo até uma porta dupla. Todas as outras camas estavam vazias. Era a enfermaria de um hospital. Sem pacientes, porém repleta de sombras. Ela ouviu gritos fracos ecoando ao longe.

Com o coração acelerado, a mente vacilando, tentando desesperadamente entender o que havia acabado de acontecer, empurrou as cobertas, colocou os pés no chão e se levantou. Em seguida, passou pelas outras camas, procurando a origem dos gritos. Todas as camas estavam vazias, mas desarrumadas, os contornos de pacientes que partiram ainda visíveis em cada uma delas.

Seus pés descalços produziam ecos secos no chão frio de ladrilho enquanto ela caminhava pela enfermaria. Os gritos aumentavam à medida que Eve se aproximava da porta dupla. Ela a abriu e caminhou em direção a uma porta simples mais adiante. Os berros eram agora agonizantes e dolorosamente altos, quase insuportáveis.

Ela colocou a mão na porta. Hesitou. Por mais que quisesse ver o que estava no interior, o medo do que encontraria a impediu. Eve estendeu a mão novamente. O mesmo aconteceu; sua mão não completava o movimento. Ela respirou fundo algumas vezes. E, livrando-se do medo, abriu a porta.

Sob seus olhos havia uma agitação de médicos e enfermeiras, todos cercando uma mulher deitada em uma cama. A mulher era a fonte dos gritos, e havia sangue por todo lado. Ela estava dando à luz.

Eve se aproximou, tentando ver o rosto dela, mas a equipe médica atrapalhava. Tudo o que ela conseguia ver era sua mão segurando a lateral da cama de metal.

Então tudo mudou. A mulher parou de gritar, começou a respirar com dificuldade, como se tivesse acabado de correr uma maratona. Uma enfermeira se afastou da cama, segurando um embrulho de cobertores. Eve virou o pescoço para ver enquanto uma pequena mão se levantava, os dedos em miniatura se dobrando, contorcendo-se.

— Deixe-me vê-lo... Por favor...

Era a mãe, gritando da cama. Mas a enfermeira não lhe deu nenhuma atenção. Ela manteve o embrulho junto ao corpo enquanto se virava e passava por Eve, saindo pela porta.

— Por favor! — gritou a mãe — Por favor, volte.

A enfermeira nem ao menos lhe deu ouvidos. Simplesmente continuou andando, com a porta balançando atrás dela, rangendo e estalando, mas se recusando a fechar.

— Por favor... — A voz da mãe ficava mais desesperada, parando em sua garganta enquanto ela gritava. — Não vá, por favor, deixe-me vê-lo...

Mas não houve resposta, apenas a porta balançando para a frente e para trás.

Cric... crac... Cric... crac...

Eve tentou ignorar o barulho e se concentrar na voz. Havia algo familiar nela. Eve se aproximou para ver melhor a mãe. E viu quem estava deitada na cama.

Ela mesma.

Cric... crac...

Eve arquejou e se sentou na cama de repente, respirando com dificuldade. Estava novamente em seu quarto na Casa do Brejo da Enguia. Sozinha. Balançou a cabeça, tentando expulsar as imagens que havia trazido consigo do sono. *Foi um sonho, apenas isso. Apenas um sonho.*

Quando sua respiração retornou ao normal, ela se deitou mais uma vez, disposta a voltar a dormir, mas algo a impediu. Um som, ritmado, pulsante.

É a porta, pensou, no hospital. Ainda balançando, ainda se recusando a fechar. Eve olhou para a porta do quarto. Estava fechada. Mas o barulho permanecia.

Cric... crac... Cric... crac...

Deve ser o gerador. De alguma forma ele deve ter ligado novamente. Ao mesmo tempo que pensava nisso, Eve sabia que não era possível. Ela mesma o havia desligado. E então pôde ouvir novamente.

Cric... crac... Cric... crac...

Eve não estava nem um pouco sonolenta. O sonho tinha dado um jeito nisso. Ela levantou da cama e abriu as cortinas pesadas. Nada além de uma praia vazia e um mar calmo.

Ela ouviu o barulho novamente. Vinha do interior da casa.

Alguém mais devia ter escutado isso. Não podia ser a única.

Cric... crac... Cric... crac...

Eve sabia que não podia contar com a possibilidade de alguém mais ouvir o barulho e fazer algo a respeito. Havia crianças na casa e elas eram sua responsabilidade. Teria de investigar aquilo por conta própria. Ela acendeu uma vela e abriu a porta. Após respirar fundo algumas vezes, ainda sentindo a adrenalina do sonho correr por suas veias, Eve foi até o corredor.

Estava deserto. Eve foi ao quarto de Jean, pressionou a orelha contra a porta e prestou atenção. Escutou apenas roncos. O outro ruído ainda continuava, vindo do térreo.

As crianças. Era isso: elas haviam acordado e estavam explorando a casa na madrugada. Ela desceria, conversaria com elas em voz baixa e voltaria antes que Jean acordasse. A diretora nem ficaria sabendo.

Protegendo a chama da vela com a mão, desceu a escada. A luz criava sombras enormes nas paredes. O mofo preto parecia sugá-las, tornando-as ainda mais escuras.

Eve parou diante do alojamento das crianças e entrou no quarto da forma mais silenciosa que conseguiu. Estavam todas ali, dormindo.

E ainda assim Eve continuava a ouvir o barulho. *Por que sou a única que consegue ouvi-lo?*, pensou ela. *Por que não acordou mais ninguém?*

Eve fechou a porta e seguiu em direção à cozinha. O som estava mais alto lá. Ela estendeu a vela para todas as direções, tentando iluminar os cantos escuros. Não viu nada. Absolutamente nenhum movimento. Ela prestou atenção.

Cric... crac... Cric... crac...

A porta na outra extremidade da cozinha estava entreaberta. Com o coração martelando no peito, Eve foi em sua direção.

O caminho levava a uma velha e estreita escada de pedra. Eve a empurrou e começou a descer, sua vela bruxuleando na escuridão. Temia cair, pois as rochas estavam escorregadias e úmidas sob seus pés, mas chegou ao final em segurança. Diante dela havia outra porta: velha, apodrecida, quase preta de mofo. O som definitivamente vinha de trás dela.

Ainda estou sonhando?, perguntou-se ela. *Atravessando porta depois de porta em busca de um som? Para encontrar...* Eve estremeceu, sentindo o frio, a umidade. Não. Isso não era nenhum sonho. Isso era real.

Eve pigarreou.

— Quem está aí?

Nenhuma resposta.

— É... É o senhor, Dr. Rhodes? O senhor está... O senhor precisa de uma cama para passar a noite? Por favor... Por favor, diga.

Silêncio. Não havia como voltar agora. Eve abriu a porta.

O cheiro a atingiu como se fosse sólido. O ar estava espesso com uma umidade rançosa e fétida. Ela penetrava nas fundações da casa com o fedor de podridão e decomposição. Eve colocou a mão sobre a boca e o nariz, tentando não respirar. Mas sentiu que aquilo, mesmo no curto espaço de tempo que ela havia permanecido ali, penetrava em sua camisola, invadindo seus poros.

O aposento era enorme. Provavelmente cobria a mesma área da casa, calculou Eve. As paredes eram de pedra, esfarelando-se e cobertas de musgo. Água corria lentamente por elas até o chão molhado, fazendo o aposento inteiro ter um brilho verde e misterioso à luz da vela.

Havia fileiras e fileiras de estantes cobertas com caixas, algumas com as tampas levantadas, mas todas abarrotadas de objetos e artefatos velhos, os restos úmidos e empoeirados dos antigos proprietários.

Mas Eve estava sozinha.

Lentamente afastando a mão do rosto para proteger a chama, ela levantou a vela mais uma vez, caminhando até as estantes. As caixas estavam molhadas e mofadas. Eve conseguiu abrir a tampa de uma delas e olhou para o interior. Havia um amontoado de papéis e algumas roupas surradas comidas por traças. Ela a tampou e olhou para a caixa ao lado. Estava cheia de brinquedos velhos, encharcados, enegrecidos e abandonados. Os rostos de bonecos antigos, agora com olhos cegos e sorrisos congelados e vazios, olharam para ela. Debaixo deles havia uma moldura de madeira. O que tinha sobrado do material depositado sobre ela estava apodrecido e preto, mas Eve foi capaz de distinguir vestígios de cor, o suficiente para reconhecer o que aquilo um dia havia sido. Um teatro de fantoches. Sentindo uma pontada de tristeza e arrependimento, fechou a caixa. O fim da infância.

Ao lado da caixa de brinquedos estava algo mais interessante. Um velho fonógrafo. Ela esticou o braço e tocou a máquina enferrujada. Era isso que estava fazendo o barulho? Eve apertou o botão na lateral e esperou. Nada aconteceu. Havia alguns cilindros ao lado dele com inscrições na lateral. Ela pegou o primeiro — *Alice Drablow* — e junto do nome havia algumas datas.

Então Eve notou outra coisa. Ela franziu a testa e aproximou a luz. Estava atrás da estante, sobre a parede de pedra. Aproximou a vela. Havia palavras riscadas na superfície, letras perturbadoras e estranhamente brutas: Meu pesar viverá nestas paredes para sempre.

Eve estendeu o braço e passou os dedos sobre as palavras. Ela queria sentir as letras, ter uma impressão tanto delas quanto de quem as havia escrito. No entanto a pedra estava tão úmida e velha que esfarelou quando Eve a tocou. As palavras desapareceram como se tivessem sido escritas na água, deixando-a com uma sensação de desolação e tristeza, exatamente como havia se sentido no quarto de criança.

Então deu um passo para trás e atingiu alguma coisa. Ela tomou um susto e se virou.

Cric... crac... Cric... crac...

Uma velha cadeira de balanço.

Era aquilo que estava fazendo o barulho? Alguém estava sentado nela? Balançando-se? Se fosse o caso, quem era e onde estava essa pessoa neste momento? Até onde Eve sabia, havia apenas uma porta, aquela pela qual tinha entrado. Isso significava que quem quer que tivesse passado pelo cômodo ainda estava ali embaixo com ela?

Lentamente, com o coração martelando no peito, ela estendeu a vela para todas as direções, tentando observar as sombras.

Um movimento no canto.

— Olá?

O ruído surgiu novamente. De trás da estante seguinte.

— Olá? — repetiu Eve, esperando que sua voz soasse mais confiante do que ela se sentia.

Ela prendeu a respiração enquanto caminhava na direção do som. Em seguida, estendeu o braço que segurava a vela e, querendo saber o que estava ali, mas com medo de se aproximar demais, esticou o pescoço para ver o que estava atrás da estante.

Um rato correu em sua direção.

Eve gritou e deixou a vela cair. Ela se apagou com um chiado e bateu no chão úmido, deixando o aposento no escuro. Eve ficou imóvel, com a respiração pesada. Ainda podia ouvir o rato correr em algum lugar.

E então ouviu de novo.

Cric... crac... Cric... crac...

A cadeira de balanço se movia novamente.

Eve partiu em direção à porta, correndo pela escada o mais rápido que podia na escuridão total, escorregando e deslizando enquanto fugia, ela chegou à cozinha e subiu imediatamente pela escadaria principal para voltar a sua cama. Eve puxou as cobertas sobre a cabeça e ficou deitada, tensa e rígida, mais amedrontada do que já estivera em toda a sua vida.

Ela só conseguia ouvir as ondas batendo contra a costa do lado de fora.

E as batidas frenéticas de seu coração aterrorizado.

O dia seguinte

Tudo parecia melhor na manhã seguinte.

O sol, reluzente e distante, havia dispersado a bruma, deixando o céu azul como o ovo de um melro. Uma fina camada de gelo brilhava e cintilava por todo lado. Aquele era, pensou Eve, o tipo de manhã que nunca se via na cidade.

Ela ficou parada no jardim com Jean, observando as crianças. O jardim podia ter visto dias melhores, e o arame farpado que o cercava era uma lembrança constante de que a guerra nunca estava realmente longe, mas neste momento as crianças não pareciam se importar. As meninas pulavam corda cantando uma cantiga infantil, enquanto Alfie e Fraser corriam um atrás do outro. Suas risadas e sua energia alegre afugentavam os temores de Eve da noite anterior como o sol dispersando a bruma.

— Onde está Edward? — perguntou Eve.

Jean manteve os olhos nas crianças.

— Eu disse para a senhorita que ele não poderia sair até estar disposto a falar.

Eve não respondeu. Ela apenas se virou e caminhou de volta para a casa.

— Deixe-o sozinho — ordenou Jean, sua voz irritada. Eve parou.

— Vou preparar minha sala de aula para a lição.

Não havia nada naquela declaração de que Jean pudesse discordar, então ela se contentou em acenar com a cabeça, e Eve entrou na casa.

Enquanto ela seguia para a sala de jantar, Tom veio correndo e trombou com Eve, quase a derrubando no chão. Ela ainda se recuperava quando James fez o mesmo. Os dois garotos pararam imediatamente, ofegantes e sentindo culpa.

Eve recuperou o equilíbrio e olhou para os dois.

— O que vocês estão fazendo?

— Pega-pega, professora — respondeu Tom. — Está com James.

— Vocês não deviam correr por aí.

Ela estava pronta para falar mais quando notou que as portas para o alojamento das crianças se encontravam abertas. Edward estava sentado em sua cama, desenhando. Ele parecia estar em outro mundo, em um pequeno planeta solitário com apenas um habitante.

— James — falou Eve —, você costumava ser o melhor amigo de Edward, não é mesmo?

James estava prestes a responder, porém Tom o encarou de forma severa e sorrateiramente pisou em seu pé. Eve percebeu.

— Veja, eu sei que as coisas mudaram, James, mas eu gostaria que vocês não o excluíssem. — Suas palavras também abrangiam Tom. — É em momentos como este que ele precisa de amigos. Vocês compreendem?

Os garotos balançaram a cabeça afirmativamente.

— Apenas pensem em como seria se fosse com vocês.

Ela se afastou, esperando que eles estivessem pensando exatamente nisso.

Tom

Tom sabia que a Srta. Parkins não gostava dele. Ela não precisava dizê-lo; deixava aquilo perfeitamente claro sem proferir nenhuma palavra. Ele não sabia por quê. Ela simplesmente não gostava. Mas estava tudo bem, na verdade, porque ele também não gostava dela. Ou pelo menos era o que Tom dizia a si mesmo.

Mas a Sra. Hogg era legal. Ela era forte. Ela era disciplinada. Apesar de ele ter tomado algumas surras de vara dela, a Sra. Hogg nunca havia sido cruel. Doera, mas não muito. Ela era rígida, porém justa, e essa era uma característica com a qual Tom podia se identificar, que podia respeitar, porque as coisas deviam ser assim. Seu pai lhe tinha dito isso antes de partir. Havia partido para lutar, segundo sua mãe, vinha lutando durante toda a sua vida. Era assim que Tom acreditava que um homem deveria ser. E seu pai também era muito mais rigoroso que a Sra. Hogg quando punia. Sem dúvida.

Então Tom não se importava se a Srta. Parkins, com seu sorriso simpático e suas boas maneiras, gostava dele ou não. Não se importava. Nem um pouco. Não. Mas mesmo assim se viu no alojamento das crianças, fazendo o que ela havia pedido.

Edward não ergueu os olhos quando Tom e James entraram no quarto. Ele estava sentado em sua cama, com a cabeça abaixada, concentrado em seu desenho. Tom se aproximou, olhando por cima de seu ombro. Edward fazia o esboço de uma mulher e um menino pequeno, parados em frente a uma casa. Tom sentiu uma nova emoção. Tristeza, raiva, inveja, compaixão? Não sabia bem o que era. Mas estava ali e ele não gostava disso. Deixava-o furioso.

Ele ficou parado, esperando Edward notar a presença deles. Como o menino não notou, Tom falou:

— Vamos, Edward, vamos explorar a casa.

Ele o puxou pelo ombro, mas Edward não se moveu, apenas negou com a cabeça lentamente.

Tom estava achando aquilo difícil. Ele deu um soco no ombro de Edward. Um soco bem leve.

— Qual é o problema? Você não quer ser meu amigo?

Edward se encolheu e abaixou a cabeça, como se estivesse prestes a ser atingido. Qualquer resposta seria errada.

Tom estava ficando irritado e começava a demonstrar isso.

— Você tem de ser. A professora mandou.

O pânico invadia os olhos de Edward. Ele encarou os dois garotos. James se aproximou, sua voz baixa e compassiva. Ele sorriu para o amigo.

— Não se preocupe, vai ficar tudo bem. Estamos todos presos aqui, temos de ser amigos.

Tom viu como Edward ficou mais tranquilo ao ouvir essas palavras. Por que ele não podia ser o garoto de quem as outras crianças gostavam? Ele sentiu sua raiva crescer ainda mais. Já conhecia o padrão. Tom logo precisaria de uma válvula de escape, algo para descarregar tudo. Algo que ele esperava que levasse os outros a respeitarem-no.

Ele pegou o desenho das mãos de Edward.

Edward ergueu os olhos, aterrorizado, como se um pertence estimado, algo de importância vital, tivesse sido roubado. Ele tentou pegá-lo de volta, mas Tom se esquivou.

Assim é melhor, pensou Tom. Se ele não pudesse fazer algo para conseguir uma reação boa, uma ruim serviria.

— Eu vou devolver — declarou, apreciando o poder sobre o outro menino —, se você fizer o que a gente mandar.

Edward olhou para James, que parecia desconfortável e não conseguia encará-lo. Edward, sem ter escolha, fez que sim com a cabeça.

Tom sorriu e, com o desenho na mão, foi para o corredor. Os outros dois o seguiram. Ele partiu diretamente para a escadaria e começou a subi-la correndo.

— Por que você não fala? — perguntou Tom.

Edward não respondeu.

Uma ideia passou pela cabeça de Tom.

— Acho que... Acho que a gente deveria fazer com que ele falasse. Aí a Srta. Parkins vai gostar da gente.

Ele se virou para James, que não parecia feliz por seguir as ideias de Tom, mas não disse nada. Então se lembrou: a Srta. Parkins já gostava de James. E aquele pensamento o deixou furioso outra vez. Ele chegou ao topo da escada e, sem esperar os outros dois, seguiu pelo corredor, girando as maçanetas de todas as portas, procurando uma que estivesse aberta.

Ele a encontrou.

O atiçador

O quarto estava empoeirado e vazio. Toda a mobília havia sido removida e só restava uma lareira enegrecida, manchada de fuligem com uma pesada grade de ferro posicionada a sua frente.

Tom estava decepcionado e furioso, como se o quarto tivesse sido esvaziado exclusivamente para aborrecê-lo.

— Não tem nada aqui dentro — gritou ele para os outros dois.

James e Edward entraram no cômodo, olharam ao redor. Tom já expressava seu descontentamento sobre como o aposento era entediante quando James ouviu algo. Ele ergueu a mão, indicando para Tom ficar em silêncio.

Tom não gostava que lhe dissessem o que fazer e estava pronto para reclamar ainda mais quando James lhe mandou ficar calado novamente. E então ele também ouviu. O som de algo sendo arranhado; baixinho, mas audível. Vindo da lareira.

Edward, que não havia se comprometido a entrar totalmente no quarto e estava parado junto à porta, virou-se para ir embora. Tom não permitiria que isso acontecesse.

— Ei, ajude a gente.

Ele agarrou Edward e o arrastou até a lareira, onde o garoto ficou parado, observando. Não parecia interessado no que os outros dois estavam fazendo, apenas esperava que seu desenho fosse devolvido.

Os arranhões continuavam.

Gesticulando para que James fizesse o mesmo, Tom ajoelhou e começou a erguer a grade. Ela era muito pesada, mesmo para os dois juntos, então Tom olhou mais uma vez para Edward.

— Vamos, não fique aí parado.

Edward, conhecendo uma ameaça quando a ouvia, ajoelhou-se, juntando-se a eles.

Juntos, conseguiram levantar a grade e a colocaram ao lado da lareira. Todos os três espiaram o interior.

Havia um corvo morto enroscado e imóvel em um ninho, cercado por vários filhotinhos também mortos.

Edward e James saltaram para trás, recuando por causa do que viram, porém Tom continuou olhando, fascinado. O corvo claramente estava ali havia algum tempo, porque começara a apodrecer; o interior de seu corpo se decompunha, quase mumificado. Os filhotes pareciam tranquilos, como se estivessem dormindo.

Tom se sentia arrebatado. Ele adorava estar próximo à morte, era fascinado por ela. A guerra tinha sido uma dádiva de Deus para Tom. Enquanto outras crianças ficavam aterrorizadas com os bombardeios, ele os adorava. Não sabia o que haveria sobrado quando saísse na manhã seguinte, tampouco quem estaria desaparecido. Sempre torcia para que, se algum conhecido fosse bombardeado, a pessoa morresse de forma brutal e ele pudesse ver o corpo ensanguentado.

Tom pegou o atiçador ao lado da lareira e cautelosamente começou a examinar o pássaro, espetando e cutucando o animal morto.

A cabeça do corvo caiu.

Os outros dois garotos se encolheram, virando os rostos. Mas Tom, encantado, continuou. Tendo a espetado um pouco mais e exaurindo as possibilidades com a mãe, voltou a atenção aos filhotes.

— Não, Tom... — falou James.

— Cale a boca — sussurrou Tom, cutucando um dos filhotes delicadamente com o atiçador.

E ele se mexeu.

Os três garotos — inclusive Edward — gritaram, surpresos, e todos se afastaram da lareira.

Porém, lentamente, eles retornaram. O fascínio de Tom parecia ter sido transmitido aos outros dois.

Tom franziu a testa.

— O que a gente deve fazer com ele?

Pela primeira vez, Tom de fato parecia não ter a resposta.

Mas James a possuía.

— A gente devia levar até a professora.

Tom fez que não com a cabeça.

— Mas a mãe dele está morta.

— E daí?

Enquanto os outros dois discutiam, Edward observou o pequeno pássaro. Sua mãe estava morta. Um órfão. Ele cuidaria do filhote. Ele se encarregaria de não deixar que nenhum mal lhe fosse causado.

Edward estendeu a mão para pegar o filhotinho, preparando-se para recepcioná-lo, cuidar dele. Mas não chegou a se aproximar. Tom abaixou o atiçador com força. O filhote agora estava tão morto quanto todos os outros.

Edward olhou para Tom com raiva. James estava boquiaberto. Os olhos de Tom se revezavam entre os dois.

— O quê? — perguntou ele. Sua voz estava trêmula, mas ele estava determinado a se justificar. — Ele... Ele ia acabar morrendo, de qualquer forma. — Tom riu, satisfeito por ter chocado os dois a ponto de eles reagirem. Podia ter sido um pouco exagerado, porém era melhor que ser ignorado. — Ah, qual é...

A julgar pelas expressões em seus rostos, James e Edward não concordavam. Tom havia se cansado deles. Jogou o atiçador no chão, repentinamente cansado daquilo tudo, e se virou para sair do quarto.

— Vamos — chamou ele, puxando James.

Edward permaneceu onde estava, observando enquanto eles partiam. Lágrimas furiosas e solitárias se acumulavam em seus olhos.

Esconde-esconde

Tom saiu a passos largos do quarto, com um brilho nos olhos. Matar o pássaro o havia feito pensar que era capaz de qualquer coisa e que ninguém podia impedi-lo. Ninguém. Ele examinou o corredor, fechando e abrindo os punhos, dentes à mostra, procurando o que poderia fazer em seguida.

Mas não foi longe.

Edward saiu correndo do quarto, boca aberta, rosnando silenciosamente, atirando-se às costas de Tom. Pego de surpresa, Tom perdeu o equilíbrio e caiu.

Edward, chocado com a própria atitude, ficou imóvel, olhando fixamente para Tom, que lentamente se levantava. James ficou enraizado no lugar.

Segundos pareceram horas enquanto os três garotos permaneciam parados ali, sem se mover.

— Nunca ofereça a outra face — lembrou-se Tom de ouvir seu pai lhe dizer. — Nunca. Cuide sempre de si mesmo. Porque, se você sempre oferecer a outra face, sabe o que acaba acontecendo? Você vira um saco de pancadas, é isso que acaba acontecendo.

Tom caminhou devagar até Edward, com os punhos erguidos. Edward, sabendo que o que o aguardava iria machucá-lo, encolheu-se. Ele fechou os olhos.

Mas o golpe nunca veio. Em vez disso, Tom sorriu e agarrou Edward.

— Vamos brincar de esconde-esconde — disse ele, girando o pulso do menino, forçando-o a entrar novamente no quarto do qual acabaram de sair. — Você primeiro.

Ele soltou Edward e o empurrou para dentro do quarto. Antes que o garoto pudesse sair correndo novamente, Tom segurou a maçaneta e fechou a porta. Ele sentiu que Edward tentava girar a maçaneta, esforçando-se para abrir a porta, porém Tom era muito mais forte que ele.

James se aproximou e abriu a boca como se fosse falar algo, mas a expressão nos olhos de Tom o silenciou. Ele ficou parado ali, escutando os socos e os chutes na porta. Depois de um tempo, o barulho parou.

Edward logo percebeu que não adiantava continuar puxando a maçaneta. Tom a segurava firme. Sabia que não conseguiria abrir a porta até Tom soltar. Ele desistiu e se afastou.

Repentinamente o quarto esfriou, um frio noturno. Edward podia ver sua respiração formando nuvens quando expirava. Ele tremeu e apertou os braços em volta do corpo.

Havia algo estranho naquele quarto. Algo de que ele não gostava. Não apenas o frio e os pássaros mortos na lareira, mas uma sensação. Uma tristeza. Edward já se sentia perdido e desolado, porém este quarto parecia alimentar sua dor, fazendo-a aumentar. E havia mais uma coisa: uma sensação de pavor, de terror, movendo-se em sua direção.

E então ele notou o papel de parede.

No canto mais afastado, o papel úmido e velho começou a rachar e se descolar. O mofo preto parecia ainda mais escuro, espalhando-se a partir do canto.

Edward sentiu o coração na garganta, o corpo começar a tremer. Ele voltou até a porta e bateu com toda a força que conseguiu.

Tom riu e segurou a maçaneta com ainda mais força. James ficou apenas parado, assistindo. Tão mudo quanto Edward.

Edward virou de costas para a porta, ousou olhar novamente para o quarto. O mofo se movia em sua direção, como os dedos de uma bruxa, pretos e enrugados se esticando lentamente, prontos para agarrá-lo, capturá-lo...

Com vigor renovado, ele voltou a bater na porta.

Eve improvisava um lugar onde pudesse dar aula na sala de jantar quando ouviu o barulho. Ela imediatamente largou os livros que estavam espalhados e correu para ver o que estava acontecendo.

Edward parou de bater. Ele sentiu algo tocá-lo. Nunca havia ficado tão aterrorizado em toda a sua vida.

Ele abriu a boca e deu um grito silencioso.

— O que está acontecendo?

Eve chegou à porta do quarto de criança.

Tom a viu se aproximando e soltou a maçaneta. Ele rapidamente se afastou da porta.

— James me obrigou a fazer isso — acusou ele, com a voz fraca.

Eve o ignorou e seguiu diretamente para a porta. Ela ouvia Edward batendo do outro lado. Eve tentou girar a maçaneta, mas a porta não abriu. Então se virou para Tom.

— Você trancou a porta?

Tom meneou a cabeça, negando. Ele percebeu que estava encrencado.

— Onde está a chave? — gritou Eve para ele.

Tom continuou balançando a cabeça.

— Eu não... A gente não...

Ela avançou na direção do garoto.

— Para entrar, você deve ter destrancado a porta primeiro.

— Ela... Ela estava aberta...

Eve se agigantou sobre ele, seus olhos parecendo dois pedaços de carvão incandescentes.

— Onde está a chave?

Tom recuou, fugindo dela, a raiva da professora o deixava completamente mudo. Ela se virou de novo para a porta.

— Edward! Deixe-me entrar!

Eve girou a maçaneta, empurrando e puxando a porta. Ao perceber que não estava adiantando, ela soltou, cerrou os punhos e começou a bater freneticamente na madeira. Mas nada aconteceu.

Com as articulações doloridas, Eve se virou para os outros meninos, pronta para exigir, mais uma vez, que eles encontrassem a chave. Então a maçaneta girou. A porta se abriu lentamente por conta própria.

Ao ver o que acontecia, Eve correu para dentro do quarto, pronta para agarrar Edward, temendo o pior. Então ela parou. O menino estava sentado no chão no meio do quarto. Em suas mãos se encontrava um brinquedo velho e Edward brincava com ele, aparentemente satisfeito.

Eve se moveu cautelosamente em sua direção.

— Edward? — chamou ela, baixinho.

Ele não ergueu os olhos, apenas continuou mexendo em seu brinquedo.

— Edward, você está bem?

Ela não obteve resposta. Edward não parecia estar ouvindo.

Eve se ajoelhou ao lado dele, ofereceu-lhe a mão. Ele a segurou e, enquanto a professora se erguia, Edward se levantou junto. Ela olhou para o objeto que o menino segurava. Era um velho fantoche do Mr. Punch, sua túnica vermelha agora sarapintada de preto, seus longos cabelos dourados soltos. Eve ainda conseguia distinguir as feições em seu rosto de madeira: olhos brilhantes e azuis, um sorriso vívido, as bochechas, o nariz pontudo e o queixo alongado ainda vermelhos.

Edward permitiu que ela o conduzisse para fora do quarto, segurando o Mr. Punch firmemente na outra mão.

Enquanto saía, Eve, franzindo a testa, notou o estado das paredes. A casa parecia se deteriorar a cada hora que passava. Mas se preocuparia com isso em outro momento.

Ela tirou Edward do quarto e fechou a porta com força ao sair.

Uma visita

O almoço foi desconfortável.

Na sala de jantar, Tom e James foram mantidos separados das outras crianças, sem comida. Eles se sentaram a uma mesa à parte, copiando frases como punição, sob o olhar atento de Jean.

Não devo intimidar as outras crianças.
Não devo intimidar as outras crianças.
Não devo...

As outras sabiam exatamente o que havia acontecido e, assim como Tom e James observaram Edward no dia anterior, elas estudavam os dois transgressores com um fascínio semelhante.

Eve se sentou ao lado de Edward. Ela temia que suas experiências nas mãos de Tom — e, pensou de forma relutante, James — o deixassem ainda mais retraído. No entanto parecia ter acontecido o contrário. Ele não era mais o garoto que tinha sido antes de perder a mãe, mas parecia, em sua mudez, ter passado incólume pela provação.

No entanto, Edward continuava agarrado ao Mr. Punch.

— Onde você arranjou isso, Edward? — perguntou ela ao garoto.

Havia algo no brinquedo de que Eve não gostava. Aquilo a deixava inquieta, no entanto ela não conseguia expressar o motivo. Parecia que um pedacinho daquele quarto triste havia se soltado e se grudado a Edward.

Ele não respondeu. Apenas terminou o almoço, sua atenção o tempo inteiro no fantoche.

— Vi alguns como esse no porão — continuou Eve. — Tinha um velho teatro de fantoches lá embaixo. Você desceu lá para pegar?

Ele fez que não com a cabeça.

Eve inclinou o corpo em sua direção, a voz baixando a um tom conspiratório:

— Você não vai ser castigado se tiver descido. Só quero que me diga como encontrou o fantoche.

Edward não respondeu. Tentando encorajá-lo ainda mais, ela colocou a mão em seu braço para confortá-lo. Ele se aproximou um pouco, o que a professora considerou um encorajamento, mas não soltou o Mr. Punch.

Alguém batia à porta da frente.

— Abra a porta, por favor, Srta. Parkins.

Eve fez que sim com a cabeça e se levantou. Enquanto saía da sala, estava ciente de que Jean, atrás dela, ia até a janela. Eve quase sorriu. Ela podia não abrir a porta, mas não conseguia conter a curiosidade de saber quem estava lá.

O que Eve não viu foi Edward. Ele esperou até as duas adultas estarem distraídas com outras coisas para cruzar a sala até a mesa onde Tom e James estavam sentados. James não conseguia olhar para o antigo amigo.

Edward parou junto a Tom e lhe entregou um bilhete.

Devolva meu desenho
Tom soltou seu lápis, com um sorriso perverso estampado no rosto. Ele meneou a cabeça.

Joyce percebeu o que estava acontecendo e se aproximou. Ela viu o bilhete e a reação de Tom.

— Devolva — mandou ela —, ou eu vou contar para a professora.

Tom se lançou à frente, o rosto misterioso tomado pela fúria.

— Eu vou rasgar o desenho.

Joyce e Edward deram um salto para trás.

Eve não ficou sabendo disso. Ela abriu a porta da frente, esperando Jim Rhodes, e encontrou Harry em seu lugar. Ele sorria encolhido dentro do sobretudo, esfregando as mãos por causa do frio.

— Pensei em dar uma passada e ver como estão as coisas. Se estava tudo bem. — Então ele acrescentou rapidamente: — Com todos vocês, quero dizer.

Ele viu um rosto na janela. Jean o observava através do vidro.

— Cheguei na hora errada?

Eve seguiu seu olhar e Jean recuou. A professora sorriu.

— Não. Não mesmo.

Os dois ficaram parados ali, imóveis. Ele parecia mais bonito à luz do dia, pensou Eve, então se repreendeu pelo pensamento.

— Escute — falou Harry —, não sou um grande fã de pneumonia...

Eve riu e o convidou a entrar.

Poderes psíquicos

Sem querer que Jean a acusasse de qualquer atitude imprópria, Eve continuou com suas tarefas enquanto conversava com Harry. Ela estava no dormitório das crianças, arrumando as camas. Harry se encontrava parado diante de um aquecedor, ainda tentando se esquentar.

— Quer ajuda? — perguntou ele.

Eve sorriu.

— Obrigada.

Harry tirou o sobretudo e se juntou a ela, prendendo, dobrando e esticando os lençóis.

— Eu já devia estar acostumado com isso a esta altura.

— Devia mesmo.

Harry olhou para a porta e baixou a voz.

— Como está a sargento Carranca?

Eve olhou ao redor, nervosa.

— Fale baixo, ela vai escutar. E é general, não sargento. Bem, é a esposa dele, de qualquer forma.

Harry deu de ombros de forma zombeteira.

— Não tenho medo. — Ele parecia pensativo. — Embora ela realmente seja minha superior...

Eve riu. Esse pareceu ser seu momento mais descontraído desde que havia saído de Londres.

Harry, sorrindo, pegou um livro de uma mesa de cabeceira e olhou a capa. Era um romance água com açúcar, *I'll Be With You*, de Frances Braybrooke. Ele o mostrou a Eve.

— Isto é dela? Aposto que é. Durona do lado de fora, mas bem no fundo...

Ele balançou a cabeça. As bochechas de Eve coraram levemente.

— Na verdade, é meu. Deixei aqui por engano.

— Ah.

Harry colocou o livro de volta no lugar com cuidado, como se o objeto tivesse ficado repentinamente quente. Ele parecia envergonhado.

— Isso me ajuda a me desligar de algumas coisas — explicou ela, para fazê-lo se sentir melhor. — Você lê?

Harry deu de ombros.

— Manuais. Você sabe, esse tipo de coisa. Não gosto muito de histórias.

Eve sorriu.

— Todo mundo gosta de histórias.

Eles pararam de fazer as camas.

— Então qual é a sua? — perguntou Harry.

Eve se curvou e afofou um travesseiro, evitando os olhos dele.

— Achei que você não gostasse desse tipo de coisa.

Harry deu de ombros novamente.

— Vamos ver.

Ela parou de mexer no travesseiro e apontou para o quarto ao redor.

— E quanto a esta casa? — continuou ela, ignorando a pergunta. — Tenho certeza de que há uma história interessante aqui.

— Sobre excesso de umidade, talvez.

Eve mordeu seu lábio inferior, a expressão repentinamente séria.

— Encontrei um monte de coisa no porão ontem à noite.

Harry riu.

— Coisas velhas? Em um porão? Gostei dessa...

Eve, no entanto, ficou séria.

— Acho que algo ruim aconteceu aqui.

Harry olhou ao redor.

— Bem, o papel de parede é bastante feio...

— Estou falando sério. — Eve jogou um travesseiro nele. Surpreso, Harry o agarrou. — Tem algo estranho neste lugar. Parece... — Ela pensou no velho quarto de criança, no brinquedo recém-descoberto de Edward. — ... triste, ou furioso. Talvez as duas coisas. Não sei...

Harry esfregou as mãos, seus olhos brilhavam.

— Poderes psíquicos, hein? — Ele se aproximou dela e colocou o travesseiro sobre a cama. — Então me diga em que estou pensando...

Ele delicadamente posicionou dois dedos na testa de Eve. Estavam frios, mas ela gostou do toque. Exagerando, Harry fingiu agir como um hipnotizador, contorcendo o rosto como se sentisse dor, balançando a outra mão. Então, moveu os lábios fazendo uma pergunta silenciosa:

— De onde você é?

Eve riu.

— Croydon.

Ele deu um salto para trás.

— Impressionante! De novo. — Harry colocou os dedos na testa da moça outra vez, rindo. — E agora?

Sua expressão estava um pouco mais séria. Ele não moveu os lábios desta vez.

Porém Eve não estava pronta para agir seriamente com ele. Ainda não.

— Você quer uma xícara de chá? — sugeriu ela, sorrindo.

— Resposta errada.

Eve pensou mais um pouco.

— Ah, não sei. Você vai ter de me dizer.

— O que estava por trás daquele sorriso? — perguntou Harry, olhando para ela de forma pensativa.

Eve fez que não com a cabeça.

— Essa pergunta de novo?

— Sou um disco arranhado.

Seu sorriso foi desaparecendo e seus dedos se afastaram da testa de Eve.

De repente ela percebeu como Harry estava próximo. Os olhos dele se fixaram aos seus.

— É apenas o meu jeito. É como lido com as coisas.

— Com a guerra?

Ele parecia ter se aproximado ainda mais.

— Com tudo.

Eve sentiu a respiração dele em sua bochecha, o cheiro de sua loção pós-barba. Os olhos de Harry fixos nos seus.

— Eve?

Ela se assustou e se virou rapidamente. Jean estava parada à porta do quarto. Há quanto tempo, Eve não fazia ideia.

Jean deu um aceno ríspido.

— Acho que está na hora das aulas da tarde, você não acha?

— Sim, claro — respondeu Eve, arrumando a frente do vestido, apesar de não estar amarrotada.

Jean balançou a cabeça brevemente.

— Tenha um bom dia, capitão.

A diretora se virou e saiu do quarto, parando apenas para tocar a sineta a fim de reunir as crianças.

Eve e Harry se olharam e, com o momento interrompido, riram.

— Eu me sinto como um dos alunos — comentou Harry. — Um aluno bagunceiro.

Eve riu mais uma vez.

— Esse sorriso faz parte do seu trabalho também? — perguntou ele.

Ela continuou sorrindo, continuou olhando em seus olhos.

— Talvez esse seja de verdade.

Harry

O vento frio produzia pequenas ondulações na água dos dois lados da passagem das Nove Vidas. As ondas cresciam em cristas brancas, quebravam e batiam na beira da estrada, desaparecendo. Então se retraíam, prontas para crescer outra vez.

As mãos de Harry tremiam enquanto ele segurava firme o volante do jipe. Olhava fixamente e de forma determinada para a frente enquanto guiava, sem se permitir ser distraído por qualquer coisa que estivesse acontecendo nas laterais do veículo. Ele odiava a água. O som dela se avolumava em sua imaginação. O barulho era alto, quase ensurdecedor, estrondoso demais para o tamanho das ondas, amplificado em sua cabeça até que o ritmo do mar tivesse se tornado o ritmo de sua respiração, de seus batimentos cardíacos. Batendo e quebrando. A respiração cada vez mais entrecortada, ele só queria cruzar a passagem de uma vez.

Então Harry ouviu algo mais ao vento, acima dos sons ensurdecedores da água. Fraco e sutil, mas inconfundível. Um grito E mais outro. Um pedido de ajuda. Então nada, a água levando a voz, arrastando-a para baixo.

Afogando-a.

Harry parou o jipe e tirou as mãos trêmulas do volante. Tentou afastar os sons da água, os gritos que ecoavam e sumiam ainda em sua cabeça. Ele fechou os olhos com força, franziu a testa e, sentindo a impotência familiar da ira e do medo crescendo mais uma vez dentro de si, bateu no volante com força. E continuou batendo, até que, exausto, ficou sentado imóvel, respirando com dificuldade, tentando recuperar a calma.

Esfregou os olhos, absorvendo o que estava ao redor. Escutou. Os gritos afogados desapareceram. Harry se perguntou se realmente os havia ouvido, ou se eram apenas os gritos que carregava consigo, em sua cabeça.

Ele ligou o jipe novamente e dirigiu o mais rápido que pôde até a terra seca.

Atrás de Harry, a neve começou a cair.

O rosto debaixo das tábuas do assoalho

Eve fechou a porta da frente, girando a chave na fechadura com firmeza. Fazia frio lá fora, a neve caía. Dentro não estava muito mais quente.

Ela pensava na visita de Harry. Gostava dele. O capitão era um homem jovem, encantador e bonito. Mas Eve acreditava que existia algo mais. Ele parecia carregar algo consigo, um ar melancólico, uma dor. Harry a escondia bem, não era visível a todos. Apenas àqueles que reconheciam algo semelhante em si mesmos, acreditava Eve. Uma alma gêmea. E ele também parecia interessado nela.

Sorrindo, Eve seguiu pelo corredor, mas parou abruptamente quando uma das tábuas do assoalho rangeu sob seu pé. Ela colocou seu peso sobre a madeira novamente. A tábua cedeu, entortando. Estava preta e apodrecida, com um enorme buraco no meio. Aquilo era um perigo, pensou Eve, um trabalho para Jim Rhodes quando ele voltasse. Ou Harry. Ela sorriu mais uma vez ao pensar no rapaz.

Eve ajoelhou para examinar a tábua. Então caiu para trás, em choque.

Dois olhos. Brilhando com uma maldade sombria em um rosto branco. Olhando fixamente para ela por entre as tábuas do assoalho.

Com o coração acelerado, ela ajoelhou novamente e observou pelo buraco.

Não havia ninguém ali.

Eve se levantou, olhou ao redor. Não havia ninguém por perto. Ela seguiu para a cozinha e abriu a porta. E lá estava Jean sentada à mesa, massageando seus tornozelos. Ela ergueu os olhos com a entrada de Eve.

— A água acabou de ferver na chaleira — avisou Jean, apontando com a cabeça para a xícara de chá diante dela.

Eve olhou para a diretora.

— A senhora esteve no porão agora?

— Há alguns minutos — respondeu Jean, terminando a massagem no tornozelo e bebendo seu chá. — Não é muito agradável, não acha? O fedor é impressionante.

Eve olhou para a porta, então para Jean e para a xícara de chá diante dela, vapor subindo do líquido. Poderia ter sido Jean quem ela vira por entre as tábuas do assoalho? Jean poderia ter voltado lá para cima no tempo que Eve levou do corredor à cozinha? E ainda ter preparado o chá?

— Beba um pouco— ofereceu Jean.

Eve saiu do transe.

— Chá. Sim. Chá.

Tem alguma coisa acontecendo comigo?, pensou Eve. *Estou enlouquecendo? Ontem à noite e agora isso?* Ela pegou uma xícara no armário e serviu um pouco de chá do bule.

Uma alucinação, pensou ela. *Foi isso. Como ontem à noite. Sim. Uma alucinação.*

Eve se sentou à mesa com seu chá. *Não pense nisso*, pensou, *fale sobre outra coisa.*

— O... marido da senhora foi convocado quando a guerra começou? — perguntou Eve, então imediatamente se arrependeu.

Ela sabia por experiência própria que Jean não era afeita a perguntas sobre sua vida particular.

No entanto, para a surpresa de Eve, Jean sorriu.

— Não. Estamos na ativa há muito tempo. Nossos dois filhos também.

Eve se inclinou na direção da diretora, reagindo à cordialidade recém-descoberta.

— A senhora tem fotos?

As cortinas se fecharam novamente.

— Eu sei como eles são.

Eve levou a xícara aos lábios, sorveu um gole e, revigorada, tentou de novo.

— Onde eles estão? — perguntou ela, em voz baixa.

Jean tomou um gole de chá. Enquanto bebia, pareceu relaxar um pouco mais.

— Um está na África, o outro, na França. Meu marido também está lá.

Ela desviou os olhos de Eve e deu outro gole.

— A senhora...

Jean se virou outra vez para Eve

— Tento não pensar neles. Eles não estão aqui. Se eu começasse a me fazer perguntas, então... quem sabe aonde minha mente me levaria?

Jean desviou o olhar de novo, porém Eve tinha percebido o brilho nos cantos dos olhos da diretora. Ela pensou novamente nas palavras de Jim Rhodes e não insistiu no assunto.

Jean terminou seu chá e se levantou.

— Boa noite, Eve.

Eve ficou boquiaberta. Aquela era a primeira vez que a diretora a chamava pelo primeiro nome.

Surpreendeu-se tanto que mal conseguiu lhe dar boa-noite em resposta.

Fogo no céu

Edward não conseguia dormir. Ele havia fechado os olhos com força e estava deitado sem se mexer em sua cama, mas não adiantava. Permanecia acordado, com o polegar enfiado firme na boca e o Mr. Punch pressionado no peito. Edward sabia que as outras crianças falavam dele e, embora aquilo não ajudasse, não era a única coisa que o mantinha desperto.

Ouviu Tom contar a Fraser que ele achava que Edward havia visto um fantasma quando foi trancado no quarto de criança. Aquilo empolgou Fraser, que estava tão cheio de perguntas e especulações bizarras que Edward, escutando tudo, sabia que ele não conseguiria dormir esta noite de forma alguma.

Ele se sentou, colocou os óculos e olhou ao redor no dormitório. Algumas velas ainda estavam acesas, a única iluminação no quarto. Tom e Fraser estavam deitados em suas camas adjacentes, cochichando entre si. Eles viram que Edward estava acordado. Fraser o encarou, boquiaberto. Tom simplesmente olhou para ele sem dar muita importância.

— Você viu? — perguntou Tom, sabendo que Edward tinha ouvido tudo o que eles disseram. — Você viu um fantasma, não viu, Edward?

Edward não respondeu.

— Era sua mãe? — indagou Fraser, e Flora, escutando a conversa, contorceu-se com a falta de tato do menino.

— Deixe Edward em paz — advertiu ela.

Tom se virou para a garota.

— Eu falo o que quiser. Ele não é seu namorado, é?

— Fique quieto — mandou Joyce, com sua habitual voz de professora em formação. — Vou contar isso à Sra. Hogg. Vou falar de todos vocês.

Alfie puxou as cobertas sobre a cabeça e se encolheu.

— Eu só quero dormir — reclamou ele, sua voz abafada e cansada.

Edward deu as costas a todos e tampou os ouvidos com as mãos. Precisava afastá-los. Afastar tudo.

Ele ficou encarando fixamente a parede.

E um rosto horrendo surgiu bem a sua frente.

Edward pulou para trás, em pânico, e caiu da cama. Arriscou erguer o olhar na direção do rosto grotesco, contorcendo-se, escondendo os olhos atrás dos dedos com medo de que o rosto o assustasse novamente. Ele percebeu o que era na verdade: Tom estava usando sua máscara de gás.

— Enganei você — falou o garoto, tirando a máscara e jogando-a de lado.

Rindo, ele voltou para a cama.

Edward se levantou lentamente do chão e, envergonhado, subiu de novo em sua cama. Ele agarrou o Mr. Punch com mais força ainda.

Tom claramente apreciava a angústia que havia causado a Edward, mas aquilo não era o suficiente. Ele sabia que as outras crianças não estavam do seu lado, porém ainda se sentia determinado a provocar uma reação mais impactante.

Tom pegou o desenho de Edward e o balançou para que o menino visse. Então o dobrou e o colocou no bolso do pijama, batendo nele de leve. Edward ficou extremamente aflito.

— Devolva.

O grupo inteiro se sentou para ver o que estava acontecendo. Viram James parado ao pé da cama de Tom, com as mãos na cintura.

— Eu falei para devolver o desenho a Edward.

Tom o encarou, estupefato. Essa era a primeira vez que James o enfrentava. A primeira vez que qualquer um no grupo o fazia. E, pela expressão no rosto de James, ele não recuaria. Não sem brigar.

Tom saiu de debaixo dos lençóis e se aproximou do garoto. Porém a briga não começou, porque, naquele momento, eles ouviram um zumbido estrondoso do lado de fora da janela. Souberam imediatamente do que se tratava. Meses de ataques aéreos em Londres lhes ensinaram isso.

Com a briga esquecida, todos saíram de suas camas e correram para as janelas, empurrando-se para ter a melhor visão, colocando as mãos em volta dos olhos para enxergar melhor.

Ao longe, no céu de inverno sobre o mar, havia uma esquadrilha de bombardeiros Halifax a caminho da casa.

— É um ataque! — gritou Fraser.

— Eles são ingleses, seu idiota — retrucou Alfie.

O menininho olhou ao redor, envergonhado.

— Eu sabia disso.

Joyce gesticulou para que os dois se calassem.

— Vejam.

Um dos bombardeiros estava em chamas. Ele começou a ficar para trás, afastando-se do grupo. As crianças olharam fixamente, arrebatadas, sussurrando preces, palavras de encorajamento, desejando que ele permanecesse voando.

Nenhuma das crianças percebeu quando, por trás da luz pálida e bruxuleante das velas, uma sombra se destacou das outras e se moveu em direção a elas. Vestida de preto, o rosto branco como osso, ela se aproximou e parou atrás delas. Enquanto o grupo olhava para o avião, ela observava as crianças, seus olhos pretos como carvão dançando com uma maldade evidente. Olhando para o grupo, escolhendo...

— O que está acontecendo aqui?

Jean estava parada junto à porta, pronta para repreender as crianças de forma mais severa, porém, quando viu a que elas assistiam, juntou-se ao grupo.

Sem ser vista, a criatura com o rosto branco como osso recuou para as sombras.

No céu, o avião não conseguia mais se manter voando. O fogo havia se espalhado por toda a sua fuselagem e tinha consumido uma asa. Ele começou a cair, as chamas o envolvendo cada vez mais. Todos assistiam enquanto o avião descia em uma espiral até o mar. Ao atingir a superfície da água, estava tão distante que mal foi ouvido.

O resto da esquadrilha desapareceu e a noite ficou silenciosa mais uma vez. O mar estava tranquilo agora, como se nada tivesse perturbado sua superfície. Mas todos ainda olhavam fixamente, observando o céu vazio, tentando compreender o que haviam acabado de ver. Até mesmo Jean.

Em seu quarto, Eve também tinha visto aquilo acontecer. Mas havia fechado os olhos antes de o avião atingir a água. Ela apertou o pingente de querubim com força junto a sua garganta.

— Por favor, que não seja Harry...

Outra presença

Sua mãe sorria e usava o melhor casaco. Aquele preto. Ela o chamava, e Edward, com o coração explodindo de felicidade por vê-la novamente, corria o mais rápido que podia em sua direção.

Tudo havia sido um sonho, pensou ele, enquanto corria. O ataque aéreo, a explosão, a casa, o quarto de criança... Tudo. Isto era real. Isto estava acontecendo.

Edward continuou correndo, quase alcançando-a, quase lá. Mas, conforme se aproximava dela, a mãe parecia se afastar. Sempre distante, sempre fora do alcance, chamando-o, mas sabendo que ele nunca poderia alcançá-la. Então Edward finalmente começou a fazer algum progresso. O menino poderia ter gritado de felicidade, gargalhado. Abraçaria a mãe novamente. Em breve. Agora.

No entanto não era mais sua mãe. Ela havia mudado. Ainda vestia preto, mas não o bom e costumeiro casaco da mãe. Suas roupas eram velhas, surradas. E havia algo sobre o rosto dela — um véu? Aquilo não escondia os detalhes de sua face. Edward podia ver sua pele branca tão esticada que se parecia com ossos antigos; seus olhos, pretos e frios, brilhando com rancor e malícia. E ele corria em sua direção.

Tentou se obrigar a parar, forçar os pés a diminuírem o ritmo, mas sua velocidade só aumentava, as pernas o levando mais rápido. Ele balançou a cabeça, tentou gritar, porém a voz não saía. *Este é o sonho*, pensou ele. *Não o anterior. Por favor, deixe-me acordar, por favor...*

Edward se sentou de repente, seu peito queimando por causa do esforço do sonho, suor na testa. Ele abriu os olhos. Estava escuro no quarto, as velas há muito consumidas. Tudo era um borrão enquanto ainda não havia colocado os óculos, mas ele conseguia enxergar o suficiente para saber que os outros dormiam profundamente.

Pegou os óculos na mesa de cabeceira, porém, ao levantá-los, deixou que caíssem no chão. Esticando o braço de cima da cama, tateou ao redor, mas não conseguia encontrá-los. Atrás de si, ouviu o som de algo estalando, movendo-se. Esfarelando-se.

Ele se sentou e olhou ao redor. A única coisa atrás dele era a parede. A parede estava estalando? Ele semicerrou os olhos, tentou enxergar. Conseguiu distinguir apenas formas vagas se movendo nas sombras.

Então uma das sombras começou a se deslocar em sua direção. Enquanto vinha, o som de estalos foi substituído por outro. Algo se arrastando, sussurrando. A sombra se movia rapidamente, aumentando cada vez mais, agigantando-se sobre seu corpo. Ele sentiu um terrível fedor de decomposição e podridão. Aquilo o deixou imediatamente nauseado.

Aterrorizado, Edward puxou as cobertas sobre a cabeça e deitou o mais rápido que pôde. Mr. Punch estava debaixo das cobertas com ele, e o menino apertou o boneco contra o peito, sentiu seu nariz duro de madeira espetá-lo.

Ele segurou o cobertor com força, sem ousar se mover, quase sem respirar, desejando ser invisível. Tentou fazer o que sua mãe costumava lhe dizer, pensar em coisas boas para afastar os sonhos ruins. Edward torceu para que aquilo funcionasse com o que ou com quem quer que estivesse ali.

Então algo tentou puxar o cobertor.

Edward o segurou, o mais firme que conseguiu, porém a presença continuou lutando. Determinado a não desistir, Edward usou toda a sua força apenas para se manter coberto.

O cobertor se afrouxou nas mãos do menino. Ele ouviu o barulho de algo se arrastando e farfalhando novamente, mas desta vez recuando. O terrível cheiro começou a se dissipar. Ele ficou imóvel, escutando. Depois de algum tempo, não conseguia ouvir nada além da própria respiração.

Edward tremia, engolia os gritos com medo de a sombra escutá-lo. Mantendo os olhos bem fechados, desejou pegar no sono novamente, voltar ao sonho. A parte boa, a parte com a mãe. Uma das mãos segurou o Mr. Punch junto ao peito; os dedos da outra estavam enfiados em sua boca para abafar quaisquer gritos.

Ficou deitado assim pelo resto da noite.

A mulher com o rosto branco como osso deu as costas ao garoto em posição fetal e vasculhou o dormitório, voltando sua atenção a Tom. Enquanto isso acontecia, a atmosfera no quarto mudou, exalando agora uma malícia palpável.

Tom se sentou na cama e piscou. Uma vez. Duas. Seus olhos estavam abertos, mas sua expressão era vazia. Ele empurrou as cobertas e se levantou da cama. Ainda de pijama e descalço, o garoto saiu do quarto.

Ele chegou à porta da frente e esperou. Ela se abriu lentamente com sua presença.

Do lado de fora, a neve ainda caía. O vento soprava lufadas pela porta, os flocos gélidos atingindo o rosto de Tom como agulhas congeladas. Ele não se encolheu, nem mesmo piscou, mas deu as costas para a neve, pronto para entrar novamente na casa.

A mulher estava parada atrás dele, impedindo sua volta. Ele parou e olhou para ela, então fez que sim com a cabeça. Havia compreendido. Então, descalço, Tom saiu para a noite gelada.

A porta se fechou delicadamente atrás dele.

Descoberta

Edward estava exausto. Ele sentia como se não tivesse dormido, mas o fizera e, por toda a atividade no quarto, era o último a acordar.

Encontrou seus óculos no chão e os colocou. Suas duas professoras circulavam pelo quarto, verificando debaixo das camas, nos armários, olhando-se e balançando as cabeças. Ele sentia a tensão nelas. As outras crianças também estavam acordadas e fora da cama, suas expressões soturnas. Percebendo que algo sério estava acontecendo, Edward decidiu que era melhor se levantar e se juntar a elas.

Ao ficar de pé, percebeu algo saindo de baixo do travesseiro. Ele puxou. Era o desenho que Tom havia roubado. A mulher e o garoto. Edward olhou ao redor, esperando descobrir quem o tinha colocado ali. James, provavelmente, ou Joyce. Mas nenhum dos dois percebeu quando ele encontrou o desenho. Ninguém notou sua presença no quarto.

Ele olhou ao redor. Onde estava Tom?

No corredor, Jean caminhou para a porta da frente e girou a maçaneta. Ela se abriu.

A diretora olhou de forma acusatória para Eve, que estava parada atrás dela. Os olhos da professora se arregalaram com o choque.

— Mas eu a tranquei...

Ela correu para ficar ao lado de Jean junto à porta. Em volta da maçaneta e da fechadura a madeira estava escura e desbotada, podridão e decomposição se instalando. Eve percebeu que todas as crianças saíram do dormitório e as observavam.

— Todos, por favor, fiquem dentro de casa — mandou a professora, enquanto ela e Jean iam buscar seus casacos.

Elas ainda estavam de camisola por baixo e Eve sentiu o frio em suas pernas e mãos. O chão estava coberto de neve endurecida e enlameada.

Eve começou a busca diante da casa. Podia ver a passagem se estendendo até o continente, a água tranquila neste momento. Ela olhou para o chão e viu pegadas a partir da porta, que levavam ao arame farpado na margem da ilha.

A professora correu nessa direção. E viu algo emaranhado no arame. Tom.

O corpo do menino estava contorcido, completamente torto, como se ele estivesse determinado a atravessar a cerca e escapar, mas o arame afiado o havia impedido. Seus lábios estavam azuis. O sangue dos cortes e arranhões tinha se grudado ao corpo como lágrimas de gelo, vermelhas como rubi.

Tom havia morrido congelado.

Resultado

Eve olhou para os sete rostinhos que a encaravam, suas expressões chocadas e tristes. As crianças queriam respostas, explicações e conforto, mas Eve não tinha nada disso para oferecer. *Explicar a guerra é fácil em comparação a isso*, pensou ela, *porque eu mesma não entendo o que aconteceu*.

Jean e Eve se juntaram às crianças no dormitório. A diretora havia começado a conversar com elas, tentando explicar o que tinha acontecido com Tom. Foi um discurso longo e evasivo, com muito pouco de seu habitual tom direto. Eve achou que Jean parecia lutar para encontrar respostas e que, se continuasse falando por tempo suficiente, elas surgiriam.

— Sei que vocês todos... todos perderam alguém ou conhecem alguma pessoa que perdeu alguém na *Blitz*... — Ela lutava para não olhar para Edward, para não colocar o menino em evidência. — E... E... vocês se acostumam com isso. Mas não deveriam ter de se acostumar... não deveriam, isto é... — Jean deu as costas para as crianças, esperou alguns segundos, recompondo-se. — Isto é diferente. Aqui, nesta casa, nesta ilha, é diferente, mas tão perigoso quanto. — Outra respiração profunda. Ela pigarreou, ajeitou a frente da blusa que nem sequer estava amarrotada.

— Ontem à noite aconteceu um... um terrível acidente. Terrível... e vocês devem compreender que, que... no campo, aqui, ainda existe perigo.

Com o canto do olho, Eve notou uma mancha de mofo na parede atrás da cama de Tom. Ela parecia se mover, pulsando. Crescendo. A professora fixou o olhar naquilo. Não, o mofo não se mexia, mas ela tinha certeza de que não estava ali antes.

Jean ainda falava.

— Vocês devem... devem obedecer às regras. Sim. Obedecer às regras. É assim... É assim que sobrevivemos. É assim que... passamos por momentos difíceis. Sim. Obedecer às regras. Repetir... Repetir isso nunca é o suficiente.

Um estrondo repentino foi ouvido no corredor. As crianças, agora ressabiadas, viraram-se para ver o que era. A porta havia sido aberta, e Jim Rhodes carregava pela casa o corpo de Tom envolto em um cobertor, pronto para levá-lo para fora da ilha.

Uma agitação mórbida cresceu no grupo. As crianças estavam divididas entre obedecer a sua professora e a emoção ilícita de querer ver o amigo morto.

Jean marchou até a porta, fechando-a com cuidado. Ela se virou novamente para as crianças.

— Quero que todos... todos fiquem dentro de casa hoje. Até mesmo... Até mesmo no recreio. — Ela fechou os olhos, balançou a cabeça, então ergueu os olhos novamente, virando-se para Eve. — Srta. Parkins, cuide para que o Dr. Rhodes consiga tudo de que precisar. Eu... Eu vou escrever à mãe do menino.

Jean atravessou a porta, batendo-a com força depois de sair. Sua compostura desaparecia, e ela não podia permitir que as crianças presenciassem isso. Porém Eve tinha visto seus ombros tremerem e as lágrimas começarem a escorrer antes de a porta se fechar.

Eve se virou para as crianças. E descobriu que não tinha nada a dizer.

Ela lhes ofereceu o que esperava ser um sorriso reconfortante e saiu para encontrar Jim Rhodes.

O arame farpado havia sido cortado e desenrolado para permitir que o corpo de Tom fosse removido. Ele fora recolocado no lugar, cobrindo o buraco resultante. Agora, a única coisa que marcava aquele ponto era o sangue que restava.

Jim Rhodes estava do lado de fora, parado ao lado do ônibus, observando a propriedade, enrolado em um casaco grosso e um cachecol, tentando impedir que seus olhos se fixassem no local onde o corpo de Tom havia sido encontrado, mas era incapaz de desviar seu foco do local.

Eve saiu e parou a seu lado. Durante um momento, nenhum dos dois falou. A respiração deles formava nuvens geladas, desfazendo-se até desaparecer.

— Eu... Eu tinha certeza de que havia trancado a porta — comentou ela, depois de um tempo. — A porta da frente. Tinha certeza disso.

Jim Rhodes balançou a cabeça, seus olhos desviando dos dela.

— Eu disse que você precisava ter cuidado.

— Eu sei, e eu... — Eve suspirou. — Lamento muito.

Jim se virou para olhá-la.

— Acho que nenhum de nós pode lamentar o suficiente.

Eve virou o rosto. Seus olhos pousaram sobre o buraco reparado na cerca de arame farpado. Ela estremeceu. O sangue seco havia assumido uma cor de ferrugem. Para Eve, aquilo parecia um eco externo do mofo que se espalhava no interior da casa. Ela se virou novamente para Jim Rhodes.

— Doutor. — Sua voz ainda estava hesitante, mas suas emoções eram sinceras. — Tem algo errado aqui.

Jim Rhodes franziu a testa.

— O que quer dizer?

Eve olhou novamente para a casa e baixou a voz, como se sua presença pudesse inibir o que ela estava prestes a dizer.

— As paredes... têm marcas pretas sobre elas, mofo. Está se espalhando quando não, quando não se olha para ele... Estava na... na porta hoje de manhã, na porta da frente... e não estava lá ontem à noite...

Jim Rhodes não fez nenhum comentário.

Eve não conseguia parar. Todos os seus medos se alastravam dentro dela.

— E... o rosto. Eu... Eu vi um rosto. Por entre as tábuas do assoalho. O porão. No porão. Um rosto branco. E ouvi sons, como... como... — Ela fechou os olhos, tentou se forçar a se lembrar. — Para a frente e para trás... E ninguém mais ouviu isso... E... E havia uma inscrição...

Eve parou de falar, o medo que ela havia aprisionado dentro de si extinguindo-se.

— Eu sei que... que parece tolice, especialmente à luz do dia, mas... — Ela suspirou. — Precisamos sair daqui. Todos nós.

Os olhos de Jim Rhodes estavam repletos de compaixão enquanto ele falava.

— Eu disse a vocês que não havia outro lugar para ir. — Ele segurou a mão da moça entre as suas, a compaixão agora misturada à preocupação. — Olhe — disse, apertando a mão dela, sua voz comedida, como se ele estivesse comunicando um diagnóstico grave a um paciente. — Acho que seria melhor você ir embora quando o novo grupo chegar.

Eve ficou chocada. Essa não era de forma alguma a resposta que esperava. Ela recuou, sua mão saindo do conforto das mãos do homem.

— Não, não... não estou inventando isso... Eu não...

Jim Rhodes continuou:

— Não devíamos ter esperado que você estivesse pronta para esse tipo de cuidado em tempo integral. Você ainda é muito jovem.

Eve de repente se viu como a heroína de um romance vitoriano, denunciada como histérica, tendo suas queixas desacreditadas e prestes a ser internada em um manicômio para seu próprio bem.

— Não — retrucou ela —, isso não tem nada a ver com... Estou pronta. Juro.

A empatia nos olhos de Jim Rhodes era quase dolorosa. Ele segurou a mão da moça mais uma vez.

— O novo grupo vai ser mais adequado a isso. Não é nada pessoal. Mas todas elas são mães. — Ele bateu de leve na mão de Eve e lhe ofereceu o que achou ser um sorriso reconfortante. — Tenho certeza de que você compreende.

Eve não conseguiu encontrar palavras para responder. Ela se virou e percebeu que Edward estava parado nos degraus que levavam à porta da casa. Ele provavelmente ouviu a conversa inteira.

O menino olhou para ela, sua expressão indecifrável. Ele ergueu o boneco. Seu rosto vermelho de madeira parecia rir dela, caçoando.

Edward se virou e voltou para dentro da casa.

O Anjo da Morte

Por toda parte a neve derretia. A crosta de gelo era fina e frágil, e os sapatos de Eve a quebravam com facilidade, afundando na grama macia e molhada e na terra debaixo dela. Um mundo frágil se partindo para revelar outro.

As crianças estavam no interior da casa. Eve poderia dizer que elas estavam seguras lá, mas começava a acreditar que esse não era o caso. Pelo menos estavam todas juntas e aos cuidados de Jean, então Eve não tinha de se preocupar muito com isso.

Ela caminhou pela mata envolta em bruma, sem notar de que direção viera, sem se importar com a direção em que seguia. Não conseguia continuar perto da casa, Eve precisava se afastar. As palavras de Jim Rhodes ainda ecoavam em sua mente, culpa e pesar se misturando.

Ela parou de andar, tocou o pingente de querubim pendurado em seu pescoço e fechou os olhos.

Eve queria chorar, gritar, estar em outro lugar. Ser outra pessoa. Ela sentiu lágrimas forçarem os cantos de seus olhos fechados e lutou contra elas. Não desistiria, não podia desistir...

Ela abriu os olhos novamente, secando as lágrimas. Entre as árvores a sua frente, delineado contra a bruma, havia um vulto indistinto. Eve foi até o lado de uma árvore para ter uma visão melhor. Então lentamente caminhou na direção do vulto.

Uma mulher vestida de preto. Mas não eram roupas contemporâneas; elas eram de décadas atrás. Usava um véu preto, mas, mesmo de longe, Eve notou a pele branca como osso e os olhos escuros e cintilantes. Um calafrio percorreu o corpo de Eve. Ela reconheceu o rosto como aquele que havia visto através das tábuas do assoalho no porão. A mulher a fitou com uma expressão séria.

— O que você está fazendo aqui? — gritou Eve para ela. — O que você quer?

A mulher simplesmente se virou lentamente e se afastou.

— Espere...

Eve correu atrás dela, mas a mulher continuava se afastando. Ela desapareceu atrás de algumas árvores, e Eve apertou o passo, sem querer perdê-la de vista. Mas a mulher parecia cada vez mais distante. Por mais rápido que Eve corresse, não conseguia alcançá-la. Era como se tivesse entrado em um sonho, um domínio em que a lógica cotidiana não se aplicava mais.

— Volte...

Eve correu mais rápido. Estava tão determinada a alcançar o vulto em retirada que não prestou atenção no espaço a sua volta. Ela havia saído da trilha há muito tempo, e agora estava em um morro mais alto com um declive íngreme à esquerda. Neve derretida cobria o terreno desconhecido e ela pisou em falso, perdendo o equilíbrio. Eve escorregou e caiu, rolando morro abaixo.

Ela atravessou samambaias e arbustos, lama, neve fofa e gelo, até parar ao pé da montanha, ofegante, com as costas apoiadas em algo frio e duro. Eve manteve os olhos fechados até recuperar o fôlego, então os abriu.

E gritou.

Um vulto se agigantava sobre ela, com os braços estendidos, asas abertas. Com o coração acelerado, Eve percebeu que olhava para a estátua de um anjo.

Eve se levantou devagar, limpando a lama das roupas. Estava em um cemitério. Ela vasculhou a área ao redor. A mulher que perseguia não estava em lugar nenhum.

As lápides chamaram sua atenção. Eram todas velhas, tão velhas quanto a casa, supôs. Uma tentativa de embelezá-las havia sido feita — provavelmente para a chegada das crianças —, mas era superficial e completamente inútil. Estavam em péssimo estado, decompondo-se, como havia acontecido com os corpos debaixo delas. Eve distinguiu apenas a inscrição da que estava mais próxima:

NATHANIEL DRABLOW
2 de agosto de 1863 – 29 de dezembro de 1871
8 anos de idade.
Amado filho de
Alice e Charles Drablow

Alguém, Eve notou, tinha tentado arranhar a frase final. Ela examinou outra lápide.

JENNET HUMFRYE

Eve não conseguia ler mais nada naquela. A pedra tinha uma enorme rachadura na frente. Parecia que havia sido atingida por um raio ou que alguém a violara.

Eve endireitou a postura e sentiu um calafrio. Cemitérios não costumavam assustá-la. Afinal de contas, não havia por que temer os mortos — sempre tinha sido racional quanto a isso —, apenas os vivos. Mas não gostava daqui. Ela se sentia muito desconfortável.

Virando as costas para aquilo tudo, correu de volta para a casa.

E não olhou para trás.

Leite derramado

James não gostou do leite. Tinha um sabor diferente daquele com o qual estava acostumado em Londres; era mais espesso e mais quente. A Sra. Hogg havia lhes dito que eles tinham sorte por beber aquilo, que o leite do campo era muito mais fresco que o da cidade. Mesmo assim, pensou James, ele ainda preferia o leite de Londres. Preferia tudo de Londres.

Todas as crianças estavam sentadas em volta da mesa, almoçando. Ninguém havia falado enquanto comia; na verdade, elas nem mesmo se olharam. James pensava em Tom. Lembrava-se de quando brincavam de caubóis e índios, ou nazistas e aliados, quando um deles era atingido por uma bala, morria e então se levantava novamente, pronto para disparar mais uma vez contra o inimigo. Mas Tom não levantaria novamente. Nunca mais.

Ele havia notado a Srta. Parkins entrar coberta de lama e subir para se trocar. Ela estava com pressa, esperando que ninguém a tivesse visto. James não contaria o que vira. Sentia orgulho de não ser esse tipo de pessoa. Mas ficou imaginando onde a professora estivera. Talvez ela tivesse tido sua própria experiência ruim com o arame farpado. James balançou a cabeça e tentou não pensar naquilo. A Srta. Parkins havia descido e se juntado a eles, mas parecia tão chateada quanto todos os outros. Ela quase não comia também. Ele tomou outro gole de leite, então se lembrou de que não gostava da bebida.

Edward estava sentado a sua frente. Ele não havia tocado na comida. Apenas olhava para seu precioso desenho no colo e para aquele fantoche velho e surrado do Mr. Punch que nunca soltava. James queria fazer algo para ajudá-lo. Tudo que havia falado ou feito desde que chegaram acabava soando errado. Desejava desesperadamente descobrir uma forma de se redimir com o amigo. Vê-lo feliz mais uma vez.

— Posso comer seu pão?

Alfie, sentado ao lado de Edward, havia limpado o prato, porém ainda estava com fome. Ele olhava para Edward, buscando permissão para começar a atacar o dele.

Edward não deu ouvidos à pergunta. Alfie tomou o silêncio dele como consentimento e estendeu a mão sobre o prato do menino, pronto para pegar o pãozinho. James empurrou a mão de Alfie para longe, que olhou para ele, assustado.

— Ele não disse que podia — retrucou James. — Você não pode simplesmente pegar a comida dos outros.

Alfie ficou surpreso com a explosão de James, mas não desistiu. Ele encolheu os ombros e esticou a mão novamente na direção do pão. James segurou sua mão desta vez, determinado a não deixar que ele o pegasse, aborrecido consigo mesmo por não defender Edward antes, desesperado para compensar agora.

Mas, ao fazê-lo, James acidentalmente derrubou seu copo de leite. Ele caiu de lado, o leite se derramando sobre o colo de Edward.

Jean, alerta como sempre, levantou-se.

— Cuidado, James...

As duas professoras foram até a mesa.

Edward puxou o desenho, mas não foi suficientemente rápido. O leite já o havia atingido, molhando o papel, borrando os traços. Ele olhou para James, seus olhos se enchendo de mágoa.

Eve começou a limpar a bagunça com um guardanapo. Enquanto fazia isso, James olhou para Edward, seus olhos tentando se desculpar.

— Não foi minha intenção — explicou-se James. — Sinto muito, foi um acidente...

Porém Edward não lhe deu ouvidos. Ele estava de pé, saltando sobre James, dando socos e chutes, furioso com ele. James ficou tão surpreso que mal teve tempo de levantar as mãos para se defender.

Eve estava ao lado deles. Ela soltou o guardanapo e passou as mãos em volta de Edward, segurando-o com força por trás, gritando para que parasse com aquilo, tentando separá-lo de James.

Edward não respondeu. Com lágrimas nos olhos, ele apenas continuava desferindo golpes. Eve tentou virar seu rosto.

— Olhe para mim... Edward, por favor, olhe para mim...

Ele apenas a empurrou. Ela manteve os braços apertados em volta de Edward, sem deixar o garoto se mover, e gradualmente sua raiva se dissipou. James se levantou e se afastou, com o corpo tenso e os punhos cerrados em um silêncio carregado de adrenalina.

A Srta. Parkins olhou o desenho de Edward. Ela viu o que era — uma mulher e um garoto — e imediatamente entendeu por que seria tão precioso para o menino. James também sabia o quanto significava para Edward, mas estava tão furioso que não se importava.

Tentei ser legal, pensou James, *tentei defendê-lo, e esse é o agradecimento que recebo. Bem, já me cansei dele...*

Alguém bateu à porta.

— Olá — saudou uma voz animada —, a porta estava aberta, então eu...

Harry, o capitão da Força Aérea Real, entrou no aposento. Seu sorriso congelou ao ver a coleção de rostos assustados, furiosos e tristes.

— Ah, cheguei em um momento ruim?

Fé e crença

Eve estava encolhida debaixo do casaco pesado e do cachecol. A seu lado, Harry usava um sobretudo que envolvia seu corpo firmemente. Eles caminharam à beira-mar, nos fundos da casa, o cascalho duro e coberto de neve sob seus sapatos. Os dois andavam separados. A maré havia baixado, deixando uma extensão de lama preta e cinza depois das pedras. Saber que a passagem estava aberta deveria ter feito Eve se sentir mais conectada ao continente, menos isolada. Mas ver como seus arredores pareciam traiçoeiros e desoladores a fazia se sentir ainda mais solitária. O céu estava limpo, as únicas nuvens eram as que se formavam a partir da respiração dos dois.

Depois da aparição repentina de Harry, Jean tinha decidido que Eve deveria respirar um pouco de ar puro, distanciar-se um pouco dos acontecimentos recentes na casa.

— Vá dar uma caminhada — dissera ela, e Eve não precisou que insistisse.

Desde que havia contado a Harry o que tinha acontecido, o silêncio se estabelecera. Porém, quanto mais eles se afastavam da casa, mais aquelas palavras pareciam a Eve uma confissão, e ela agora sentia as lágrimas há muito acumuladas escorrerem. Ela as limpou e tentou sorrir para disfarçar a tristeza.

— Desculpe...

— Você não tem por que se desculpar — falou Harry, com preocupação nos olhos. — O que aconteceu não foi culpa sua.

Ela assentiu com a cabeça de forma pouco convincente, como se estivesse concordando com algo que não havia ouvido de forma correta. Eles continuaram caminhando em silêncio. Depois de um tempo, Eve falou:

— A gente trouxe as crianças até aqui para fugir de tudo aquilo.

— Tudo o quê? — perguntou ele.

— A guerra, a luta, as mortes... — Ela olhou para o outro lado, falando ao vento. — Mais seguro no campo? — Eve balançou a cabeça. — Ah, não sei, talvez eu não tenha trancado a porta no fim das contas. Eu poderia estar distraída, eu... — Ela suspirou. — Talvez eu tenha esquecido.

— Não se culpe. Ele poderia ter destrancado a porta sozinho.

— Mas eu estava com a chave.

Harry ergueu um dedo.

— *Uma* chave. Duvido que exista apenas uma, em uma casa daquele tamanho. Ele poderia ter, não sei, encontrado uma delas jogada em outro quarto, talvez.

— Ou alguém deu a ele.

— Isso mesmo — concordou Harry. — Poderia ter sido uma das outras crianças.

— Não — disse Eve com firmeza —, não uma das outras crianças.

Harry franziu a testa.

— Quem, então?

Eve virou o rosto, seus olhos sobre a água, mas sem vê-la. Em vez disso, viu um rosto branco com olhos penetrantes e repletos de fúria.

— Eu acho... Eu acho que tem mais alguém nesta ilha.

— O que você quer dizer? Morando aqui?

Eve balançou a cabeça de modo afirmativo.

— Ouvi alguém no porão na noite em que chegamos. Desci para investigar, mas a pessoa havia saído. Então hoje de manhã tinha... Eu vi alguém no cemitério.

— Você falou com a pessoa?

— Tentei, mas ela... ela desapareceu.

— Desapareceu — repetiu Harry.

— Sim. De qualquer forma, talvez essa... essa mulher tenha destrancado a porta ontem à noite.

Harry fez que sim com a cabeça, mas não respondeu. Eve se sentiu tola por lhe contar sobre a mulher. Ela percebeu como suas palavras devem ter soado implausíveis para ele. Tão implausíveis que agora não ousava lhe contar sobre o rosto debaixo das tábuas do assoalho.

Harry parou de andar e colocou as mãos nos ombros de Eve. Ela olhou fixamente para ele, esperando que lhe dissesse que estava imaginando coisas, que aquilo tudo estava em sua cabeça. Palavras cheias de boas intenções, mas condescendentes.

— Talvez devêssemos investigar — sugeriu Harry —, perguntar se alguém mais a viu.

Eve piscou e arregalou os olhos.

— Você está dizendo que acredita em mim? Você acredita no que acabei de contar?

Harry ofereceu um sorriso perplexo.

— Por que não acreditaria?

Eve retribuiu o sorriso, sincero e natural. Apesar de tudo o que havia acontecido, este era o momento em que ela se sentia mais confiante desde que chegou a casa.

Harry tinha fé nela. Ela sentiu como se fosse chorar novamente.

A primeira pessoa com quem eles tinham de conversar, decidiu Eve, era Edward. O menino não era o mesmo desde que havia saído do quarto trancado. Eve sentia que ele vira algo — ou alguém — que podia ajudá-los, ou pelo menos confirmar o que ela tinha vivenciado.

Edward estava sentado ao pé da escada com um bloco na mão. Eve e Harry ajoelharam a seu lado.

Eve sorriu para ele.

— Olhe, Edward, você não fez nada de errado. Só preciso conversar com você, só isso. Tudo bem?

Edward fez que sim com a cabeça, ressabiado.

Eve abriu um sorriso.

— Bom. Certo, Edward. A gente precisa saber o que aconteceu quando os meninos trancaram você naquele quarto. Pode nos dizer o que aconteceu?

Edward desviou o olhar e meneou a cabeça.

Eve e Harry se olharam. Eve encontrou encorajamento nos olhos de Harry e continuou:

— Você viu alguma coisa?

Os olhos de Edward dispararam de um lado para o outro, como um animal enjaulado procurando uma rota de fuga.

Eve continuou tentando, calma, mas insistente.

— Você viu? Você viu alguma coisa?

Então Edward confirmou.

Eve sorriu mais uma vez.

— Bom. O que você viu?

Edward não respondeu, apenas segurou com mais força o boneco horripilante do Mr. Punch. Eve notou que a tinta havia começado a descascar da madeira, dando a seu rosto um aspecto libertino e corrompido. A mão de Edward tremia.

— Você pode escrever — sugeriu ela.

Edward pensou por um instante, pegou seu lápis, então passou o bloco de papel para Eve.

Ela me disse para não contar.

Eve sentiu o coração bater mais forte ao ler aquelas palavras. Não estava imaginando coisas. Ela se inclinou para o menino.

— Quem? Quem disse para não contar?

Edward negou com a cabeça, com a testa franzida.

— Por favor, Edward, é muito importante que você nos conte...

Ele meneou a cabeça outra vez, mais firme agora. Eve segurou as mãos do menino entre as suas. Elas estavam geladas.

— Você não deve escutar o que ela fala — avisou Eve.

— Você me entende? Não importa o que ela diga, você não deve escutá-la.

Edward soltou suas mãos das dela e abaixou a cabeça.

— Por favor, Edward — pediu Eve, desespero e mágoa em sua voz agora. — Pensei que éramos amigos...

Edward ergueu os olhos e o que Eve viu neles quase partiu seu coração. Lágrimas se formavam e se acumulavam, seu rosto enrugado de dor.

Eve suspirou.

— Sinto muito, Edward. Você pode... ir. Apenas... vá agora.

Ele se afastou dela o mais rápido que pôde, voltando ao quarto, apertando o boneco com força contra o peito.

Eve se virou para Harry.

— Eu o perdi. Achei que estava tão próxima dele, mas... — Ela balançou a cabeça. — Agora o que vamos fazer?

Eve olhou fixamente para o bloco de papel no chão, a única frase a encarando.

Ela me disse para não contar.

Fé e ação

— Não estava tão ruim assim antes...

Todo o chão do porão estava coberto de água. Eve podia senti-la penetrando em seus sapatos, e o cheiro de podridão era ainda pior.

— Deve ser um vazamento em algum lugar — comentou Harry, olhando ao redor. — Mas não parece ter alguém morando aqui embaixo...

Eve sentiu algo cutucar seu tornozelo e se engasgou com o susto. Harry estava a seu lado.

— O que é isso? — perguntou ela, olhos fechados, sem ousar ver.

Harry se levantou, segurando algo comprido, cinza e escorregadio.

— Uma enguia — respondeu ele —, uma enguia morta. Não sei como entrou...

— Livre-se dela — pediu Eve, afastando a cabeça. — Por favor. Não suporto essas coisas. E ela está fedendo. Mas, de qualquer forma, este lugar todo está...

Harry arremessou a enguia no canto, limpando as mãos na parede de pedra.

— Achei que você gostava dessas coisas — falou ele, sorrindo. — Você sabe, por ser de Londres. Vocês comem gelatina disso lá, não é?

Eve fez uma careta.

— Por favor.

Eles começaram a vasculhar o porão, investigando cada caixa apodrecida, tirando cartas e papéis, todos úmidos e mofados, desbotados pelo tempo e decompostos. Alguns esfarelavam e se desintegravam quando tocados. Logo perceberam que não havia nada que pudesse ajudá-los com o problema atual; apenas fragmentos do passado.

Enquanto Harry estava concentrado em uma caixa, tirando papéis, estudando-os, balançando a cabeça e os colocando de volta, Eve o observava.

— Era você ontem à noite?

Harry se virou para ela, com a testa franzida.

— Voando sobre o mar. Uma esquadrilha de Halifaxes?

— Ah, sim. — Eve negou com a cabeça. Ela não conseguiu ver seus olhos quando ele respondeu: — Não. Não era meu turno, infelizmente.

Eve estava prestes a lhe fazer mais perguntas, porém Harry havia encontrado o fonógrafo.

— Ei — falou ele, sorrindo —, não vejo um desses desde que eu era criança...

— Não funciona — comentou Eve. — Eu o testei.

Ele o pegou na prateleira e começou a passar os dedos sobre o aparelho, examinando-o.

— Deixe comigo.

Vendo que Harry estava concentrado na tarefa, Eve voltou a vasculhar a caixa mais próxima. Ela encontrou algo sólido no interior. Retirando-o da caixa, levantou o objeto à luz fraca, examinando-o. Uma chave, com duas iniciais escritas na lateral: HJ.

Eve examinou o porão, procurando uma fechadura adequada para testá-la, mas não conseguiu encontrar nenhuma. Enquanto fazia isso, uma campainha tocou no andar de cima.

— Essa campainha anuncia o fim do intervalo. É melhor eu...

Harry assentiu com a cabeça e olhou mais uma vez para o fonógrafo.

— Vá, então. Vou tentar consertar isto.

Ela sorriu.

— Obrigada.

E então subiu a escada correndo.

— Certo, crianças — começou Eve, assim que chegou à sala de aula improvisada —, hoje à tarde, quero que vocês escrevam uma história sobre... — Seus olhos vagaram pelo quarto, procurando inspiração. — ... Esta casa. Sim. Esta casa. Qualquer coisa que vier a suas mentes.

As crianças olhavam para ela desconfiadas. Eve sabia que estavam se questionando por que seus pés estavam molhados, mas nenhuma delas ousou lhe perguntar, e a professora não havia oferecido a informação voluntariamente.

Eve tentou não olhar para Edward, para ver sua reação. O exercício era para o bem dele. Ela queria ver o que ele iria entregar.

Joyce ergueu a mão.

— Sim, Joyce.

— Não está na hora da tabuada?

— Bem, normalmente, sim, seria a hora da tabuada. Mas não hoje. — Ela se levantou e caminhou até a porta, segurando com firmeza a chave recém-descoberta. — Vamos fazer isso depois. Tenho de sair por um instante. Volto logo.

— Mas a senhora não pode deixar a gente sozinho — retrucou Joyce, com a voz indignada.

Eve parou junto à porta e pensou.

— Joyce, vou deixar você encarregada da turma enquanto eu estiver fora. É uma grande responsabilidade, então se assegure de que todos façam seus trabalhos.

Joyce, como Eve tinha previsto, não poderia ter ficado mais orgulhosa.

Enquanto as crianças estavam ocupadas fazendo a lição, Eve andou por toda a casa, com a chave na mão. Ela a testou em portas, armários, gavetas, qualquer coisa com uma fechadura, independentemente do tamanho. Depois de um tempo ela havia esgotado todas as possibilidades em que conseguia pensar, mas não tinha encontrado nenhuma que fosse adequada.

Eve foi ver como Harry estava se saindo.

Fantasmas do passado

Harry havia levado o fonógrafo para fora do porão, colocando-o sobre a mesa da cozinha. Lá era mais fácil trabalhar, o aposento estava mais seco e, além do mais — apesar de ele normalmente não se importar com essas baboseiras sobrenaturais —, algo naquele porão o deixava nervoso. Além do cheiro, era algo que... ele não sabia. Era incapaz de explicar. Seu vocabulário era prático, não estava acostumado a discursos pomposos, mas definitivamente existia algo que não estava certo naquele local.

    O conserto se mostrava mais complicado do que ele havia previsto. Harry normalmente era bom com trabalhos manuais, porém reanimar aquele aparelho velho, enferrujado e deteriorado parecia estar além de suas capacidades. Ele realinhou o eixo do cilindro uma última vez e girou novamente a manivela.

    — Certo — disse ele, limpando a poeira e a ferrugem dos dedos. — Vamos lá, seu pequeno...

    A máquina deu sinal de vida.

    — Venci você...

Harry não conseguiu esconder a satisfação na voz. Ele conectou os fones ligados a cabos grossos e os posicionou nos ouvidos. O som que escutou estava distorcido, arranhado. Indistinto e deformado. Uma voz feminina surgiu entre os chiados e estalos. Distante e hesitante. Um fantasma do passado.

— ... Alice Drablow... — A frase seguinte foi perdida.
—... Brejo da Enguia durante toda a minha vida...

Entendi, pensou Harry, preenchendo as palavras que faltavam. Ele esperou, porém não havia mais nada. Moveu a agulha adiante sobre o cilindro. Ao fundo do chiado da estática, a voz emergiu novamente.

— ... Nathaniel se afogou e ela me culpa... — Mais estática. — ... uma mãe melhor do que ela poderia ter sido um dia...

Ele ergueu a agulha, posicionando-a em diferentes partes do cilindro, tentando trazer a voz de Alice Drablow de volta, mas sem sucesso. Aquele segmento havia se deteriorado por completo. Com um suspiro irritado, Harry seguiu para um ponto onde a estática estava baixa. Mas escutava apenas sons do ambiente. Estava prestes a desistir quando uma nova voz surgiu, apagada e distante.

— Nunca perdoe. Nunca esqueça.

Então silêncio. Harry se inclinou para a frente, escutando com atenção, desejando que a voz se manifestasse novamente. Ela voltou, mais alta desta vez, mais próxima. Como se a pessoa estivesse a seu lado, sussurrando em seu ouvido. Ele quase conseguia sentir a respiração no pescoço.

— Nunca perdoe. Nunca esqueça.

Harry estremeceu.

Atrás dele, pela porta aberta que levava ao porão, uma sombra surgiu na parede, aumentando, agigantando-se enquanto subia a escada. Harry, totalmente concentrado no fonógrafo, começou a ficar inquieto conforme a voz de Alice voltava.

— Jennet, eu sou... — Os estalos encobriram sua voz.

— ... irmã...

Mesmo no péssimo estado da gravação, não dava para não perceber o medo de Alice Drablow. Sua voz estava trêmula.

Atrás de Harry, a sombra na parede se alongava enquanto o vulto, vindo do porão, alcançava o topo da escada. Harry sentiu um aperto no peito, sua respiração ficou difícil. *Não*, pensou ele, *não aqui, não agora...*

A voz de Alice continuou.

— Saia... — Mais chiado. — ... de mim. Você não é...

— A gravação deu um salto. Harry não conseguiu voltar.

— ... imaginando você. Você é... — Mais estática. — ... consciência pesada... — Estalos. — ... eu falei, saia de perto de mim!

Aquela última frase foi gritada, seguida de silêncio. Apenas o zumbido e o chiado da velha máquina, o som da respiração ofegante de Alice Drablow de anos atrás.

A sombra se estendeu pela sala, ocupando a parede e o teto, descendo sobre Harry. Ele sentiu a dor no peito aumentar e uma escuridão negra e úmida cercá-lo. Outras vozes vieram até ele, então, vozes que não estavam na gravação.

— *Socorro... Socorro, capitão...*

Harry fechou os olhos. De repente, houve um terrível guincho distorcido. Ele gritou, o som agredindo seus tímpanos. Arrancou os fones de ouvido, afastou-se da mesa e encarou o fonógrafo.

— Você está bem?

Ele deu um salto, com a mão apertando o peito e com a respiração ofegante. A voz vinha da sala onde ele estava. Eve estava parada à porta da cozinha.

A sombra desapareceu.

Eve olhou para ele.

— Você está bem?

Harry não respondeu.

Ela acenou com a cabeça para o fonógrafo.

— Algo de bom?

— Não — respondeu Harry —, muito pelo contrário.

A chave

Eve estava parada junto à janela no hall de entrada, olhando para a passagem; aquele longo trecho de estrada parcialmente submersa que se estendia até a civilização. Quando pensava na casa e em tudo que estava acontecendo nela, a civilização parecia ainda mais distante.

Harry a colocou a par das novidades. Ele lhe contou sobre suas experiências com o fonógrafo, deixando Eve escutar a gravação por conta própria. Depois de ouvir, ela havia saído da cozinha, perdida em pensamentos.

— Poderia ser quem eu vi? Jennet? Eu vi a lápide dela.

Harry franziu a testa.

— Do jeito como Alice falava, Jennet não parecia ser real. A gravação era muito ruim, mas parecia que Alice estava responsabilizando sua própria consciência pesada. Imaginando coisas.

— Mas eu vi alguém. No cemitério.

— Sim, mas você mesma disse que ela desapareceu quando tentou segui-la. — Ele quis rir, mas fracassou. — Quero dizer, se eu acreditasse nessas coisas, diria que era um...

— Fantasma? — perguntou Eve, os olhos fixos nos dele. — Era isso que você ia dizer?

Harry negou com a cabeça, aborrecido. As crianças deveriam estar fazendo sua lição, mas todas os observavam com atenção pela porta aberta. Depois do que havia acontecido, nenhum dos dois podia culpá-las por estarem assustadas e curiosas.

Ele esperava que não conseguissem ouvir o que conversava com Eve.

— E quanto à chave? Você teve... teve algum progresso com ela?

— Não — respondeu Eve. — Tentei por toda parte, em cada fechadura que consegui encontrar na casa inteira. Mesmo naquelas em que achei que ela não serviria. Nada. O que quer que ela abra não está aqui.

Harry deu de ombros.

— Então o que ela abre não está aqui.

— Talvez — falou Eve, franzindo a testa, tentando se lembrar de algo. — Mas já vi aquelas letras em algum lugar, tenho certeza disso.

— Alguém na escola? Alguém em sua família, talvez?

Ela balançou a cabeça negando.

— Não, foi depois que cheguei aqui...

Eve olhou novamente para a passagem, alongando-se até o vilarejo de Crythin Gifford e além.

Crythin Gifford...

Ela olhou para a chave em sua mão, para as iniciais "HJ", então novamente para Harry.

— O vilarejo.

— Sério? — Ele parecia confuso. —Você tem certeza?

— Sim. Absoluta. Fui até lá na noite em que chegamos. Eu... Sim. Aquelas iniciais. Eu as vi no vilarejo. — Ela olhou para as crianças através da porta dupla. Mais uma vez elas imediatamente fingiram estar fazendo a lição. — Vou dizer a Jean que vamos sair agora. Ela pode assumir a aula.

Um esboço de sorriso surgiu nos lábios de Harry, acompanhado por um brilho de humor nos olhos.

— Você quer um pouco de apoio moral para lidar com a sargento Carranca?

— Não, obrigada — falou Eve, ruborizando levemente. — Vou ficar bem.

— Bom — disse ele, seguindo em direção à porta da frente. — Então vou ligar o jipe.

Eve caminhou rumo ao dormitório das crianças para falar com Jean. Antes de chegar à porta, ela se virou.

E viu alguém no fim do corredor.

Um vulto, todo vestido de preto.

O coração de Eve saltou. Ela ficou paralisada onde estava. O vulto não se moveu.

— Jean? — perguntou Eve, sua voz mais fraca do que ela pretendia.

O vulto permaneceu imóvel.

Eve sentiu as pernas e os braços começarem a tremer.

— Vá embora... — As palavras saíram em um sussurro chiado.

Ela andou lentamente pelo corredor na direção da sombra.

— Vá embora...

Sua voz se firmara agora. Ela se movia mais depressa, a raiva sobrepujando o medo até ficar parada diante do vulto.

— Eu falei para você ir embora!

Ela recuou o braço e desferiu um soco no vulto.

E descobriu que era um casaco pendurado em uma cavilha.

Eve deu um passo para trás, trêmula

— Não... Não...

Ela se virou e viu Jean parada no corredor, olhando fixamente para ela, com a expressão impassível.

— Podemos conversar, por favor?

Jean entrou novamente no dormitório das crianças. Eve, embasbacada, seguiu-a.

Jean balançou a cabeça vigorosamente como se estivesse tentando afastar algo que não deveria estar ali, um pensamento que ela achava alheio a suas crenças.

— Não — recusou ela, sem querer nem conseguir acreditar no que Eve lhe contava. — Não, não e não. Isso é uma tremenda bobagem.

— Não é, Jean — falou Eve, tentando ser paciente e não deixar a irritação transparecer na voz. Ela olhou para Jean por cima de uma das camas. Havia algo além do espaço físico entre as duas. — Quem quer que ela seja, nós, eu e Harry, achamos que está relacionada à morte de Tom.

— Ah, eu e Harry. Claro.

— Jean, por favor, apenas escute...

— Não — respondeu a diretora, perdendo a paciência, os olhos flamejantes. — Não. É você quem precisa escutar. Escute o que você mesma está dizendo. Você deveria compreender como isso soa.

Eve suspirou.

— Veja bem, Jean, eu sei que isso deve soar como loucura...

— Sim, é verdade. Parece e soa a loucura.

Jean falava como se aquele fosse o fim da discussão. Eve insistiu.

— Jean, por favor. Ela parece estar tentando falar com Edward, comunicar-se com ele de alguma forma.

Jean respirou fundo e aproveitou para ajeitar a postura com seu habitual comportamento militar antes de falar.

— Você quer saber o que eu acho que é isso? — A voz dela não estava mais irritada. Ainda havia o habitual autoritarismo, mas misturado a uma espécie de compaixão. — Acho que você está procurando uma forma de não se culpar.

Eve sentiu lágrimas se acumulando em seus olhos e ficou determinada a não deixá-las escorrer.

— Isso não é verdade...

— Srta. Parkins... — Jean inclinou a cabeça de lado e continuou falando lentamente, esclarecendo as coisas para ela. — Acredito que você não seja a pessoa adequada para estar aqui. E não quero responsabilizá-la. No máximo, é minha culpa por trazê-la.

— Não... — Eve balançou a cabeça. — Não... Não posso deixar as crianças aqui. Não vou fazer isso.

— Mas, mesmo assim — falou Jean, continuando com a mesma voz calma e racional —, você agora quer abandonar sua obrigação moral para ir até o vilarejo com o capitão. — Ela sorriu. Não foi um sorriso agradável. — Você percebe o que quero dizer?

— Eu... Eu... não. Não é assim. Tenho de ir ao... — Eve engoliu em seco. — Tenho de ir até lá agora. Isso foi tudo que vim dizer.

Jean fez que sim com a cabeça, sua expressão séria, fria.

— Muito bem. Mas, se você decidir não voltar, vou considerar isso perfeitamente aceitável.

Eve tinha uma réplica planejada, mas pensou melhor antes de falar.

Em vez disso, foi se juntar a Harry.

Sobreviventes

Harry prestava atenção na estrada a sua frente. Eve o observava.

O capitão da Força Aérea Real estava tenso, suas mãos seguravam o volante com tanta força que as articulações estavam rígidas e brancas. O jovem encantador e sorridente a que ela tinha se acostumado havia desaparecido. Em seu lugar estava uma pilha de nervos de olhos arregalados. Ele conduzia o jipe incrivelmente rápido através da passagem.

— Harry...

Eve falava delicadamente, sem querer perturbá-lo, mas esperando que ele fosse notá-la e que reduzisse a velocidade. Estava ficando assustada.

— Recebi uma mensagem no rádio — disse ele, sem desviar os olhos da estrada a sua frente. — Precisam de mim na base aérea. Infelizmente, acho que só vou poder deixar você no vilarejo, mas posso buscá-la daqui a algumas horas. Tudo bem?

— Sim, isso não deve ser um problema.

Harry concordou com a cabeça rapidamente. Eve percebeu que o suor na testa dele começava a escorrer por seu rosto.

— Harry, está tudo bem?

— Sim — respondeu ele, sua voz um pouco alta e aguda demais. Harry continuava sem olhar para ela. — A maré está subindo. Temos de nos apressar.

Eve olhou pela janela. O sol se elevava, o céu estava limpo e a neve havia começado a derreter. A água estava calma, quase não batia nas margens da passagem.

— Está tudo bem — declarou ela.

— Não, não está — retrucou Harry de forma seca, e pisou mais fundo no acelerador.

Eve segurou com força nas beiradas do assento.

— Harry, por favor...

Ele dirigia ainda mais rápido, seus olhos enlouquecidos, penetrantes, focados não na estrada, mas em algo muito além.

— Por favor, vá mais devagar...

Harry respirava fundo enquanto dirigia. Tentava se manter calmo. Ele bateu no volante com força. Uma, duas, três vezes. Não pareceu funcionar.

Eve se virou para ele.

— Harry...

— Calada! — A palavra saiu num grito.

Eve se encolheu, chocada com a ferocidade na voz de Harry.

— Sinto muito, eu... — As palavras não pareciam convincentes, nem mesmo para ele. — Preciso me concentrar...

O jipe seguiu ainda mais rápido. Eve continuou agarrando o assento e fechou os olhos.

Após algum tempo eles chegaram ao outro lado, e Harry parou o jipe. Ele se deixou desabar sobre o volante, ofegante como se tivesse acabado de correr uma maratona. Seu corpo tremia.

Depois de algum tempo ele se recuperou, limpou o suor da testa e engoliu em seco.

— Imagino — começou ele, sua voz falhando, hesitante. — Imagino que eu lhe deva uma explicação.

— Não, está...

Harry ofereceu um sorriso triste.

— Por favor. Não seja educada. Eu fui terrível agora há pouco.

Eve não disse nada, apenas esperou.

— Fomos... abatidos. Sobre o mar. Minha tripulação ficou presa na fuselagem enquanto o... enquanto o avião afundava. — Harry olhou pelo para-brisa, olhos focados em algum lugar que Eve não conseguia ver, que Eve não queria ver. — Desci para resgatá-los. Eles estavam... estavam gritando, me chamando... "Socorro... Socorro, capitão"... e eu os vi, eu estava... estava quase... — Ele fechou os olhos com força, soltou a respiração que não havia notado estar prendendo. — Estava afundando rápido demais. Eu... Eu não consegui alcançá-los.

Apesar da claridade do dia, Harry parecia estar sob uma sombra.

Eve procurou as palavras certas.

— Eu estou...

— Fui o único sobrevivente.

Nenhum dos dois falou nada; apenas ficaram sentados ali, olhando para a frente. Então Harry se virou para Eve.

— Então agora não gosto de água.

Sua voz tentou mostrar leveza. Mas fracassou.

Eve não respondeu. Apenas colocou a mão delicadamente sobre a dele.

A conversa de Edward

Jean parecia ansiosa. Seus olhos se moviam de forma nervosa e ela estava cruzando e separando os dedos enquanto as crianças entravam na sala de jantar para sua próxima aula. Todas notaram seu comportamento estranho. Aquilo, combinado à ausência da Srta. Parkins e à morte de Tom, havia deixado todas extremamente nervosas.

— Vamos lá — falou Jean, tentando atrair a atenção das crianças —, acabou o intervalo. — Ela olhou para o grupo, contando os alunos mentalmente. — Onde está Edward?

Pânico surgiu em sua voz.

— Ele estava na cama, lendo — respondeu Joyce.

Jean olhou fixamente para ela, o medo parecia raiva em sua expressão e em sua voz.

— O que eu disse sobre as regras? Hein? O que eu disse?

Joyce apenas sorriu para ela, sem saber bem se a pergunta era retórica ou não.

— Vá buscá-lo, por favor, Joyce — continuou.

— Sim, diretora.

E a menina saiu correndo.

*

Joyce passou a cabeça pela porta dupla, pronta para gritar com Edward, espelhar o modo autoritário da Sra. Hogg, mas o quarto estava vazio. Ela vasculhou cada canto, olhando inclusive debaixo das camas para o caso de o menino estar brincando de esconde-esconde. Ela evitou a cama de Tom, no entanto. O colchão havia sido despido e as cobertas, removidas. Aquela cama estava vazia e solitária ao fundo do quarto. Joyce percebeu que a podridão negra havia se espalhado tanto na parede atrás dela que parecia que uma sombra permanente crescia a seu redor. Joyce estremeceu. Aquilo lhe dava arrepios.

Na verdade, toda a casa lhe dava arrepios. Mas a Sra. Hogg estava certa. A única forma de eles enfrentarem aquilo era seguindo as regras. Joyce havia aprendido isso muito cedo em casa. Seu pai e sua mãe gostavam de se divertir, tanto que muitas vezes atrasavam as contas e as compras do mês tinham de ser negociadas. Seu pai fora à guerra, deixando Joyce para ser criada pela mãe, que, por sua vez, passava a maior parte do tempo no bar, bebendo até acabar com o pouco dinheiro que possuíam.

Joyce decidiu que ela nunca terminaria daquela forma. A Sra. Hogg era uma bênção. A menina a amava e a admirava, queria ser como ela quando crescesse. Joyce havia passado a se assegurar de estar sempre vestida elegantemente para a escola, mesmo que tivesse de lavar as próprias roupas, e era sempre pontual. Na verdade, ela pensava na Sra. Hogg mais como uma figura materna que sua mãe verdadeira. Porém nunca sonharia em dizer isso à diretora. Isso não estava nas regras.

Ela ouviu uma tábua do assoalho ranger e olhou ao redor. Não era no quarto. Ouviu novamente. No andar de cima. Era de lá que o barulho vinha. Edward devia ter subido.

Joyce saiu do quarto e começou a subir a escada barulhenta, parando no topo. Ela viu Edward no fim do corredor, parado sob o portal do quarto de criança, o quarto em que Tom o havia trancado no dia anterior. Ele carregava aquele boneco medonho. Joyce o odiava. Cada vez que ela olhava para o brinquedo, seus dentes pareciam mais pretos e mais apodrecidos, seu sorriso mais largo e mais desagradável.

Edward não a tinha visto. Joyce começou a caminhar na direção do menino. Ele segurava o Mr. Punch junto ao ouvido. Então assentiu com a cabeça e afastou o boneco, como se o estivesse utilizando para conversar com outra pessoa no quarto. Uma sacudidela rápida de cabeça, então o boneco estava junto a seu ouvido novamente. Ele parou, fez que sim com a cabeça mais uma vez. Joyce ouviu um chiado baixo enquanto Edward fazia isso, como algo deslizando na água. Ela podia sentir um cheiro também. Apodrecido, como peixe velho.

— Edward? — chamou ela.

O menino se assustou, escondeu o boneco nas costas e se virou para Joyce, com os olhos arregalados.

Joyce tentou ver o quarto atrás dele.

— Com quem você estava falando?

Edward a ignorou e, após um encontrão, saiu pelo corredor e desceu a escada.

Joyce abriu a boca para dizer algo, repreendê-lo por sua indelicadeza, mas desistiu. Ele tinha passado por um grande trauma, que obviamente o havia perturbado de alguma forma. Em vez disso, a menina olhou para o vão aberto da porta. Ela deveria entrar e investigar? Ver se havia algo ali dentro, alguém com quem ele estivesse conversando? Ou Edward estava apenas brincando, inventando um amigo imaginário?

Seu pé estava na soleira da porta, pronto para entrar, quando um sentimento estranho a acometeu. Uma sensação igual a que tivera ao olhar para a podridão negra atrás da cama de Tom: arrepiante e solitária. Assustadora. Ela recuou o pé e voltou em disparada pelo corredor, para a Sra. Hogg e para a segurança.

Nada de adeus

O sol já havia quase desaparecido quando Harry encostou o jipe diante da igreja na entrada de Crythin Gifford. Eve desceu do carro e olhou para o vilarejo arruinado ao redor. O crepúsculo que se aproximava tornava as sombras mais longas e a pequena vila mais escura, como se fosse comprimida pelas garras de uma gigantesca mão.

Harry esticou o corpo para fora da janela do motorista. Ele estava claramente dividido entre a angústia de deixar Eve ali sozinha e a preocupação de desobedecer às ordens.

— Sinto muito por não poder ficar. De verdade.

— Não se preocupe — respondeu Eve. — Tenho certeza de que vou ficar bem.

Harry assentiu com a cabeça, querendo acreditar nela.

— Eu acho admirável, você sabe — comentou ela. — Realmente acho.

Harry franziu a testa.

— O que é admirável?

Os olhos de Eve se moveram para o céu

— Você ainda subir lá. Depois do que aconteceu.

— É preciso seguir em frente, não é? — declarou ele, sua voz enfraquecendo.

Eve fez que sim com a cabeça.

— Sim. Você está certo. — Ela sorriu. — Boa sor...

— Não — interrompeu ele. — Desejar sorte dá azar. E nada de adeus. Nunca. Isso também é proibido.

Harry ofereceu a Eve um sorriso pálido e partiu com o carro.

Ela ficou parada observando enquanto Harry se afastava. *Nada de adeus*, pensou Eve. Como devia ser acenar para alguém que partia, imaginando que essa poderia ser a última vez que se veriam e sabendo que a outra pessoa estava pensando o mesmo? Os dois fingiriam que nada estava acontecendo? Mentiriam um para o outro? E, se mentissem, o que isso causaria? Como seria possível seguir em frente? Ela meneou a cabeça. Aquela guerra tinha muitas respostas a dar.

Eve se virou e caminhou na direção contrária à do jipe, entrando no vilarejo.

Ela sabia aonde estava indo.

HJ

Eve parou diante do exterior queimado da construção e verificou a placa:

Ilustríssimo Senhor Horatio Jerome, Advogado.

Então ela olhou para a chave na mão. As letras "HJ" gravadas com a mesma fonte usada na placa.

O sol que desaparecia tornava as sombras mais longas, fazia as janelas frontais enegrecidas parecerem dois olhos fantasmagóricos e assombrados; a porta, uma boca escancarada.

Estendendo a chave firmemente a sua frente, como um crucifixo para afugentar vampiros, ela entrou no prédio.

O interior da construção estava tão enegrecido pelo fogo que parecia espantar qualquer luz que havia restado do dia prestes a acabar. Por um segundo fugaz ela pensou na podridão e no mofo pretos que cobriam as paredes da Casa do Brejo da Enguia. *É assim que ela vai acabar ficando*, pensou.

Eve permaneceu no hall de entrada. Os escritórios tinham divisórias de madeira e vidro que se estendiam por uma parede inteira, além de uma escada para o porão na outra extremidade. O papel de parede estava preto por causa do fogo e esverdeado devido ao mofo. De um lado de Eve havia um enorme buraco no chão, suas beiradas escuras, através do qual era possível ver o porão. Ela caminhou até a beira do buraco e olhou para baixo, porém viu apenas mais ruínas e poeira pelo ar.

Entrando no escritório mais próximo, Eve o revirou em busca de qualquer coisa em que a chave pudesse encaixar, mas não encontrou nada. Ela vasculhou a sala seguinte e obteve o mesmo resultado. Então desceu a escada até o porão.

A primeira coisa que ela notou foi uma pilha carbonizada no meio do cômodo, algo parecido com os restos de uma fogueira. Eve franziu a testa. O incêndio havia sido intencional?

A pilha enegrecida ainda mostrava formas vagas. Eve a analisou cuidadosamente, procurando algo que pudesse ter uma fechadura entre os destroços — uma caixa trancada, talvez —, porém não teve sucesso.

Então algo chamou sua atenção. Ela pegou o objeto do chão. Uma velha boneca, coberta de fuligem e chamuscada. Ela se parecia com Judy, a companheira do fantoche do Mr. Punch de Edward. Não havia alegria no rosto da boneca. Seus olhos estavam arregalados e amedrontados, sua boca aberta em uma expressão de surpresa. Tremendo, Eve a jogou de volta onde a encontrara.

Enquanto fazia aquilo, ela notou uma pequena passagem no canto mais afastado, atrás de uma porta gradeada, enegrecida pelo fogo e enferrujada, mas ainda parecendo firme e sólida. Eve a puxou. Com o ranger de velhas dobradiças sem uso, a porta se abriu. Eve entrou pelo vão e se viu em um corredor estreito. No fim dele havia uma pilha de cofres. Eve sentiu o coração disparar e a chave em sua mão repentinamente ficou quente.

Eve testou a chave no primeiro cofre. Ela entrou, mas não girou. Então testou no seguinte. O mesmo aconteceu. O terceiro abriu.

Com um misto de medo e ansiedade, ela enfiou a mão lá dentro e retirou o conteúdo do cofre.

Um envelope.

Eve leu o nome e a dedicatória: *Nathaniel Drablow, em seu aniversário de 18 anos*. Ela o virou. Havia um lacre no verso que nunca tinha sido violado.

A porta gradeada se fechou com um som estridente. Assustada, ela se virou e avistou um vulto contra a luz que desaparecia. Eve escutou o som de uma fechadura sendo trancada e correu até a porta.

— Você não pode voltar — declarou uma voz áspera e estridente. — Sinto muito.

Eve reconheceu o idoso cego que havia encontrado ao passar pelo vilarejo. Ele era muito maior e mais forte do que ela tinha imaginado a princípio. Eve tentou abrir a grade, mas estava trancada.

— O que você está fazendo? — perguntou ela, sua voz ousada de histeria e descrença. — Você não pode fazer isso. Você não pode me trancar aqui e me deixar...

O homem se virou e começou a se afastar pelo corredor.

— Por favor — gritou ela, sua voz ecoando pelas paredes. — Por favor... Volte...

Ele parou, mas permaneceu sem se virar, sem enfrentá-la.

— Se você voltar a casa — disse ele, sua voz tensa, como um mensageiro trazendo uma notícia desagradável —, as mortes vão recomeçar...

— O que você quer dizer? — perguntou Eve.

— Você ouviu meus amigos...

Ele assentiu com a cabeça enquanto falava.

— Seus amigos?

— Sim... Eles cantaram a música para você...

Eve se lembrou. As vozes infantis, o coro que ela tinha ouvido ao entrar no vilarejo. Ouvido, mas não visto.

— Sim — falou Eve. — Eu os ouvi.

— Bem, você deveria ter escutado o que eles diziam.

Ele continuou andando em direção à escada.

Eve sabia que tinha de fazer algo, dizer algo, para fazê-lo voltar e deixá-la sair.

— É ela, não é? — gritou Eve. — Jennet Humfrye. É dela que você está falando.

O idoso congelou. Mas nem assim se virou para encarar Eve.

— Perdeu seu menino Nathaniel no brejo — explicou ele, sua voz trêmula e fraca. — Então se matou. Mas ela voltou para buscar as outras crianças. Ah, sim...

Eve tentou mantê-lo falando. Não apenas para convencê-lo a soltá-la mas também porque estava curiosa.

— Mas como ela...

O tom do idoso se sobrepôs ao dela, recitando um verso. Eve não sabia se ele mesmo o havia criado.

— Se alguém a vir, pode ter certeza de que uma criança irá morrer. — Ele balançou a cabeça. — E verdade, é verdade... E é por isso que não posso permitir que você volte a casa.

Eve fez que não com a cabeça, assimilando as palavras.

— Mas uma criança já morreu.

O idoso finalmente se virou para encarar Eve.

Seus olhos cegos a olharam fixamente.

James

James estava sentado na sala de aula incapaz de se concentrar no dever. A morte de Tom havia perturbado todos, mas ele parecia sentir aquilo mais profundamente. Desde que eles saíram de Londres, Tom se tornara seu amigo e, embora não tivesse certeza se o garoto gostava dele, um amigo era um amigo e você deveria ficar chateado quando algo assim acontecia.

Ele queria fugir, para mais longe e o mais rápido possível. Mas sabia que não conseguiria. Mal conseguia sair da casa sem ser repreendido pela Sra. Hogg, então ficou sentado ali, inquieto, tomado por apreensão e ansiedade.

Ele olhou para Edward, o menino que costumava ser seu melhor amigo. James não sabia o que tinha acontecido. Não era só o fato de Edward ter perdido a mãe, era tudo. Ele sabia que deveria continuar tentando ser gentil com Edward, mas de que adiantava? O amigo havia mudado e James tinha de aceitar aquilo.

Ele olhou para seu dever. Não conseguia mais escrever e não era capaz de ficar sentado ali por mais tempo. Ergueu a mão.

— Professora — chamou, tentando atrair a atenção da Sra. Hogg —, estou com fome.

Jean parou de tricotar e olhou para ele por cima de seus óculos de leitura.

— Termine seu trabalho.

Ela voltou a suas agulhas.

James levantou a mão de novo.

— Professora.

Jean ergueu os olhos mais uma vez, irritada agora.

— Sim, James.

— Eu terminei.

Ela suspirou.

— Então escreva novamente.

— Mas a Srta. Parkins deixa a gente...

— A Srta. Parkins não está aqui! — Jean bateu com as agulhas e a peça inacabada na mesa com tanta força que o restante da turma se assustou. A diretora pareceu se arrepender de ter perdido a compostura, esperou alguns segundos e se recuperou. — Não me importa nem um pouco o que a Srta. Parkins deixa vocês fazerem. Vocês farão o que eu mandar. Agora, fique calado e escreva novamente.

Ela voltou a tricotar.

O menino não conseguia ficar sentado no lugar. Sua perna direita balançava tanto que James achou que ela poderia se soltar do corpo. Ele teve uma ideia e ergueu a mão mais uma vez.

— Professora — chamou ele.

Jean estava ficando irritada e prestes a gritar com ele ou puni-lo, mas o garoto continuou falando.

— Preciso ir ao banheiro, professora.

Jean suspirou e balançou a cabeça.

— Vá. Vá de uma vez.

Fora da sala, James olhou para os dois lados do corredor. Em vez de ir ao banheiro como a diretora esperava, ele virou à direita e seguiu em direção à cozinha, sorrindo para si mesmo por sua esperteza.

Alheio ao vulto de preto que o observava do topo da escada.

Caçando à noite...

— Qual... Qual é o seu nome?

Eve encarou os olhos cegos a sua frente. Ela sabia que tinha de atrair sua atenção, convencê-lo. Fazê-lo destrancar a porta. Havia lidado com pirraça de criança o suficiente para saber como acalmar alguém. Ela tinha de driblar esse idoso.

— Meu nome? — indagou ele, como se aquela fosse uma pergunta que não lhe fizessem havia anos e ele tivesse de pensar para responder. — Jacob.

— Jacob — repetiu Eve. Ela sorriu, sabendo que o idoso não podia ver, mas esperando que aquilo transparecesse em sua voz. — Olá. Eu sou Eve. Há quanto tempo o senhor vive aqui, Jacob?

Ele balançou a cabeça, como se estivesse sendo incomodado por uma mosca inconveniente.

— Desde sempre...

— Achei que todos tinham ido embora do vilarejo.

Ele balançou a cabeça, concordando.

— E foram. Eu sou o último. O último...

Eve se inclinou para a frente.

— O que você quer dizer?

— Mortos. — Ele cuspiu a palavra como se estivesse presa em sua garganta. — Todos os outros estão mortos.

— Sua risada foi aguda e perturbadora. — Mas ela não conseguiu me pegar. — Ele apontou para as esferas leitosas de seus olhos. — Nasci assim...

O idoso passou os dedos sobre os olhos sem piscar.

— Então como você sobreviveu, Jacob?

Ele apontou para os olhos mais uma vez.

— Por causa deles...

— Certo. E como você ainda sobrevive?

— Caçando. À noite. — Ele se aproximou. Eve sentiu o cheiro rançoso que Jacob exalava. — Quando olhos não significam nada...

Eve respirou fundo pela boca.

— Jacob — disse ela, tentando parecer calma e convincente —, preciso sair daqui e tirar as crianças da casa. Preciso levá-las a um lugar seguro. Não posso simplesmente deixá-las naquela casa.

O rosto de Jacob adquiriu uma expressão pensativa. Ele se moveu na direção da porta. Encorajada por aquilo, Eve continuou:

— Eu a vi, Jacob. Isso significa que ela está voltando, não é?

Jacob parou e balançou a cabeça.

— Não... Não, não, não...

— Jacob — clamou Eve, agora com urgência em sua voz —, escute o que estou dizendo. Eu prometo ao senhor que, se me deixar sair para buscar as crianças e levá-las a um lugar seguro, vamos embora e nunca mais voltaremos.

Ele emitiu um som como o de um animal ferido.

— Tarde demais, tarde demais...

— Por favor — implorou Eve, o pânico crescendo dentro dela —, por favor, Jacob, me deixe sair...

Jacob saltou sobre a porta. Suas mãos passaram pelas grades e agarraram Eve. Perplexa e incapaz de se defender, ela o sentiu puxá-la em sua direção, batendo com seu corpo contra o metal.

— Tarde demais... Tarde demais...

James achou que estava sendo realmente esperto. Ele não havia mentido para a Sra. Hogg, não exatamente. Bem, não a respeito de estar com fome, aquela parte era verdade. E provavelmente precisaria ir ao banheiro, apenas não neste momento. Só queria arranjar algo para comer antes.

Ele abriu a porta da despensa na cozinha e ficou parado diante das prateleiras, decidindo o que pegar. Não havia muitas opções, mas, pensou, era melhor do que nada. James encontrou alguns bolinhos de aveia e os colocou no bolso. Aquilo ficaria guardado para mais tarde, quando não conseguisse dormir e acordasse com fome, porém não seria o suficiente para agora. Ele procurou algo mais.

A mulher de preto com o rosto branco como osso entrou na cozinha, as paredes estalando e enegrecendo enquanto se aproximava. Ela trouxe consigo o som de enguias se contorcendo na água em volta da ilha e o cheiro leve de decomposição.

James estava tão concentrado em sua tarefa que não notou a presença atrás dele. Mas encontrou o que queria. Um pote de balas de caramelo na prateleira mais alta.

James começou a escalar.

Ela afeta sua mente...

Jacob puxou o rosto de Eve até junto à grade. Ela estava a poucos centímetros dele. Podia sentir o cheiro do idoso, da pele suja, dos dentes podres, das roupas fedidas. Estava tão perto que conseguia ver pequenos insetos se movendo sobre seu escalpo.

— Ela afeta sua mente — dizia Jacob, salpicando Eve com perdigotos. — Ela a obriga a fazer coisas... Todas as garotinhas e todos os garotinhos, com olhos brilhantes e dentes brancos como pérolas...

Eve tentava olhar para qualquer lugar, para todo lugar, mas não para o rosto do idoso. Seus olhos vagaram e pararam sobre o cinto do homem. Havia uma grande chave presa a ele. A esperança cresceu dentro dela então, apesar de tímida. *Mantenha-o falando*, pensou. *Mantenha-o falando*.

— Se é assim, então me conte como podemos impedi-la.

Jacob começou a balançar a cabeça, como se uma cadência diferente, uma que Eve não conseguia escutar, tivesse-o dominado.

— Afoga... queima... envenena... corta...

Lentamente, ela estendeu a mão na direção da chave.

— Jacob... Jacob... Você tem de me ajudar... As crianças...

— Ninguém a vê há anos... — A voz dele ficava mais alta, mais selvagem, sua cabeça balançando de forma mais errática. — Você deu fim a isso. *Você*. Agora ela está ficando mais forte. — Ele puxou Eve para mais perto de si. — Posso sentir.

Eve tentou não respirar seu hálito podre.

— Mas, Jacob, por favor, deve haver uma maneira de podermos...

Ela pegou a chave.

— Ladra — gritou ele. — Ladra... Você... Você roubou de mim...

Ele a empurrou de volta por entre a porta gradeada, fazendo-a cair esparramada no chão. Então Jacob se afastou e, com um grito, jogou-se com uma investida. A porta tremeu levemente, mas não cedeu. Ele recuou mais no corredor, então voltou correndo, gritando mais alto desta vez. A porta, velha e enferrujada, começou a se soltar. O idoso tentou uma terceira vez. A tranca velha cedeu e a porta se abriu, batendo contra a parede.

Eve, caída no chão, olhava para cima. Jacob estava parado debaixo do portal, bloqueando sua fuga.

A porta estava aberta, mas Eve permanecia presa.

James subiu na prateleira do meio e estendeu a mão até a seguinte. *Por que alguém colocaria um pote de balas de caramelo aqui em cima? Para me impedir de pegar*, respondeu a si mesmo. Depois sorriu. *Não funcionou, não é mesmo?*

Enquanto sua mão tateava mais acima, seu sorriso murchou e morreu. Sua expressão ficou impassível, vazia, seus olhos não piscavam. Suas mãos pararam de se mover e ele se virou, sentindo uma presença a suas costas. James assentiu com a cabeça uma vez, como se respondesse a um comando silencioso, e se virou novamente para a despensa.

James chegou à prateleira do meio e esticou a mão até a mais alta de todas. Havia pouquíssimas coisas ali além de poeira, fezes de rato e um pote com um desenho de crânio e dois ossos cruzados. Veneno de rato.

Atrás dele, os olhos da mulher brilhavam com uma maldade sombria.

Nunca voltará...

Jacob entrou na sala, cabeça inclinada para o lado, escutando.

— Nunca voltará — declarou ele —, você nunca voltará, nunca...

Eve analisou freneticamente o cômodo, calculando as opções. Ela viu sua única chance e a aproveitou, arrastando-se rapidamente ao redor de Jacob, de quatro, enquanto ele recuperava o equilíbrio e o fôlego depois de ter derrubado a porta. Ele sentiu imediatamente o que estava acontecendo e se abaixou para agarrar Eve. Porém ela foi mais rápida. Conseguiu se esgueirar e, levantando-se, tentou disparar pelo corredor para se afastar do homem.

Jacob previu o que ela faria e esticou o pé. Eve tropeçou e caiu de cara no chão, ofegante.

O idoso se moveu rapidamente. Eve sabia que tinha de se levantar. Dar atenção à dor no peito era um luxo ao qual não podia se sujeitar. Ela rastejou o mais rápido que conseguiu pelo corredor até a primeira sala. Nela, deparou-se com os restos chamuscados da fogueira e olhou em volta, tentando encontrar algo que pudesse usar contra Jacob. Seus olhos pousaram sobre o fantoche de Judy.

Ela a pegou o mais silenciosamente possível e, sem fazer barulho enquanto se levantava, arremessou-a do outro lado da sala, na direção de onde tinha vindo.

Jacob girou com agilidade.

Eve, com o coração acelerado, correu em direção à escada em espiral.

Voltou ao térreo, Jacob gritando impropérios para ela do piso abaixo. Eve torcia para que o barulho que ele fazia encobrisse seus movimentos enquanto ela passava lentamente pelas tabuas quebradas do piso, mas Jacob a ouviu, suas mãos passando pelo buraco e tentando agarrá-la, puxá-la de volta para o subsolo.

— Você... não... pode... voltar...

Eve chegou à porta, saiu do prédio e correu pela rua. Podia ouvir Jacob gritando atrás dela, mas não parou, não olhou para trás. Continuou correndo, correndo.

Até colidir com outra pessoa.

Eve gritou.

— Olá, senhorita. Está em apuros?

Harry.

Eve nunca havia se sentido tão aliviada por ver alguém na vida.

James esticou o braço o máximo que conseguiu, seus dedos encontrando o veneno de rato. Ele aproximou o pote do corpo e começou a abri-lo.

Repentinamente, foi puxado para longe da prateleira.

James piscou, como se estivesse despertando de um sono profundo, e se virou. Lá estava a Sra. Hogg.

— O que está fazendo? — perguntou ela.

James olhou ao redor na cozinha. Ele não fazia ideia de onde estava ou como havia chegado ali. Lembrava-se vagamente de ter outra pessoa com ele. Era isso mesmo? Se era, não havia mais ninguém ali agora.

— Vá se juntar às outras crianças, por favor, e deixe as balas de caramelo em paz.

James, ainda aturdido, assentiu com a cabeça de forma mecânica e saiu da cozinha.

Jean, pronta para sair, notou a mancha de mofo preto na parede. Ela a examinou com repulsa.

— Este lugar está caindo aos pedaços — declarou ela, e saiu da cozinha atrás de James.

Nathaniel

O jipe sacudia e balançava enquanto Harry pisava fundo no acelerador, tentando chegar à Casa do Brejo da Enguia o mais rápido possível. Eve lhe contara o que tinha acontecido no velho escritório de advocacia. Harry havia ficado tão abalado com o que ela disse que temporariamente se esquecera de seu medo de dirigir na passagem enquanto a maré subia.

Eve segurava a carta, com o isqueiro de Harry iluminando-a.

— Nathaniel morreu antes de completar 18 anos — comentou ela.

— Então ele nunca leu a carta? — perguntou Harry, olhando para a frente, concentrado na estrada totalmente escura.

— Não, nunca leu. — Eve a abriu, aproximou o isqueiro o suficiente do papel e começou a ler em voz alta. — "Querido Nathaniel, não tenho muito tempo. Eles estão me mandando para um manicômio, então, quando você ler isso, provavelmente terei partido há muito tempo." — Ela se virou para Harry. — "Eles". — Continuou a ler. —

"Estou escrevendo para que você saiba a verdade." — Ela continuou lendo em silêncio. — Ah, meu Deus...

— O que diz?

Eve pigarreou e leu em voz alta:

— "Você foi criado para pensar que Alice Drablow é sua mãe, mas ela não é. Seu pai é na verdade Charles Drablow. Mas *eu* sou sua verdadeira mãe. Essa é a verdade. Eles o tiraram de mim e não tive condições de impedi-los. Por favor, acredite no que digo e venha me resgatar o mais rápido que puder. Eles não permitiam que eu tivesse contato com você, mas sempre cuidei de você e o amei à distância. Se enlouqueci foi por causa da tristeza causada pelo que fizeram comigo e pelo modo como me mantiveram afastada de você. Pois eu fui, sou e sempre serei sua mãe. Jennet Humfrye."

Eve abaixou a carta e fechou o isqueiro. Os dois ficaram em silêncio, absorvendo o que havia acabado de ser lido. Subconscientemente, os dedos de Eve começaram a acariciar seu colar de querubim.

— Ele nunca soube que ela era sua mãe. Nunca soube... Seus olhos estavam cheios de lágrimas e brilhavam.

Harry manteve a atenção na estrada.

— Vamos tirá-los de lá. Temos de fazer isso.

Ele pisou fundo no acelerador. O jipe espirrou água da passagem enquanto entrava na ilha.

A noite cai

Joyce estava seriamente preocupada. Ela havia descido a escada depois de encontrar Edward parado junto à porta do quarto do andar de cima. Sabia que havia algo de errado com o garoto e queria desesperadamente contar aquilo à Sra. Hogg. Mas, toda vez que ela tentara falar, a Sra. Hogg a tinha repelido, irritada, e agora estava na hora de dormir.

A Sra. Hogg observou as crianças enquanto elas se deitavam em suas camas. Joyce se esforçou para não olhar para a cama vazia na qual Tom havia dormido. Tinha certeza de que o mofo havia crescido em volta dela.

— Vamos lá, crianças — falou a Sra. Hogg —, está na hora de dormir.

Esse era exatamente o tipo de coisa que ela própria diria quando se tornasse professora, pensou Joyce.

Eles ouviram o som de um jipe se aproximando e ficaram atentos, encarando-se, repentinamente animados.

— Fiquem quietos — mandou Jean, dirigindo-se à porta. — Quero todos na cama quando eu voltar.

Ela saiu do quarto, apressada.

Joyce estava preocupada. A Sra. Hogg normalmente parecia estar no controle o tempo inteiro. Independentemente do que estava acontecendo, ela lidava com a situação de forma calma e imperturbável. Esta noite ela parecia distraída e nervosa, tendo quase corrido ao ouvir o som do jipe. Isso não era típico dela.

A maioria das crianças, Joyce notou com desdém, havia ignorado a Sra. Hogg e, em vez de se deitar, tinha ido até a janela para ver o que estava acontecendo. Joyce precisava admitir que queria fazer o mesmo, porém a Sra. Hogg lhes dera uma instrução, e elas deviam deixar de lado o que queriam para fazer o que a diretora julgava ser o melhor. Então Joyce se aproximou da janela com os outros, pronta para repreendê-los, enquanto também dava uma espiada rápida no que estava acontecendo.

Quando passou pela cama de Edward, ela notou, junto àquele horrível boneco do Mr. Punch, que seu desenho estava ali, aquele da mãe com o filho. Aquele que Tom havia tomado dele.

Ela o pegou e caminhou na direção de Edward, que olhava pela janela como as outras crianças.

— Como você conseguiu isto?

Ela estendeu o desenho para o menino. Edward se virou, surpreso. Ele baixou os olhos na direção do desenho e então olhou novamente para ela.

— Estava no bolso de Tom na noite em que ele morreu. Como você o pegou de volta? — insistiu Joyce.

Edward não respondeu. As crianças desistiram de observar o jipe estacionar e a Srta. Parkins e o capitão da Força Aérea Real saírem, decidindo que isso era mais interessante.

Joyce assentiu com a cabeça, decidida.

— Vou contar à diretora.

Edward tirou o desenho da mão da menina e voltou correndo para sua cama.

Joyce saiu do quarto. A Sra. Hogg teria de escutá-la agora.

Eve ouviu um som chiado, rugido, mas não sabia se era das ondas invadindo a passagem e os seixos enlameados da praia ou o sangue correndo no corpo enquanto o coração disparava.

Ela e Harry estavam parados ao lado do jipe. Eles não conseguiram entrar na casa, pois Jean havia marchado até o lado de fora para encontrá-los, sua expressão tão impassível e impiedosa quanto uma antiga máscara mortuária de mármore. Eve vinha tentando lhe contar o que tinha acontecido no vilarejo, comunicar o que eles descobriram, mas Jean não facilitava.

— Toda vez que ela é vista — tentou Eve, começando novamente —, uma criança morre. Essa é sua maldição. Ela perdeu o próprio filho, então se vingou do vilarejo matando todas as crianças. E agora que chegamos aqui, tudo começou novamente...

Jean meneou a cabeça, seu rosto ainda inexpressivo, mas com os olhos ainda em chamas.

— Ah, não seja tão...

Naquele instante, Joyce saiu correndo da casa.

— Sra. Hogg. Sra. H...

— Volte para dentro! — gritou Jean para a menina.

Joyce, momentaneamente perplexa, com o lábio inferior trêmulo, voltou para dentro.

Eve aproveitou a oportunidade para insistir no que explicava.

— Ternos de partir agora. Imediatamente. Antes que a maré suba.

— Não seja ridícula — respondeu Jean. — Não podemos atravessar uma passagem inundada no escuro.

— Harry pode nos levar, então — argumentou Eve.

Ele deu um leve aceno de cabeça.

Jean se virou para ele, sua máscara de mármore caindo, a voz sibilando.

— Isso não é da sua conta.

— Escute, Jean — disse Eve, tentando recuperar a atenção da diretora. — Edward a viu no quarto de criança ontem e Tom morreu. E agora eu a vi. Hoje. Então isso significa...

— Você — disse Jean, apontando um dedo trêmulo na direção do rosto de Eve. — Você precisa colocar a cabeça no lugar...

Harry deu as costas às duas e olhou para o céu escuro.

Eve baixou a voz, tentando ser mais razoável.

— Por favor, Jean, estou dizendo que...

— Não! — Jean fez que não com a cabeça mais uma vez, fechando e abrindo os punhos. Ela começou a andar em pequenos círculos, seus sapatos esmagando o cascalho. — Sobrevivi durante esta guerra sendo racional. E, mais do que nunca, é disso que essas crianças precisam. De uma voz racional. É disso que *todos* nós precisamos. — Ela parou diante de Eve, olhando em seus olhos. Sua voz estava trêmula de emoção. — Está... Está claro?

Eve se afastou, chocada com a reação da diretora. Ela nunca havia visto Jean se comportar daquela maneira durante todo o tempo que a conhecia, nunca a vira chegar tão perto de perder o controle. Antes que ela pudesse falar, Harry se virou para as duas novamente.

— Não podemos ir embora.

Jean esboçou um sorriso que era mais de alívio que de triunfo.

— Obrigada, capitão — falou ela.

Eve franziu a testa e colocou a mão no braço de Harry.

— Harry...

Ele apontou para o céu.

— Escutem.

Elas seguiram seu conselho e escutaram o som familiar de um zumbido distante acompanhado de uma série de baques abafados e secos.

Eve olhou novamente para ele.

— Isso parece...

— Um ataque — completou ele —, sim.

— Mas aqui tão longe? — perguntou Eve.

Harry olhou rapidamente ao redor.

— Precisamos ir para um abrigo.

— Não temos um — declarou Jean.

Harry continuou estudando a área.

— Qualquer lugar debaixo da terra, qualquer lugar..

— Bem, temos o porão — sugeriu Jean.

— Não — rebateu Eve. — Não podemos ficar aqui. E certamente não podemos descer até lá.

Harry colocou as mãos nos braços de Eve e olhou diretamente em seus olhos.

— Vai ter de servir — disse ele. — Agora vamos, não temos tempo para discutir.

Os três entraram correndo na casa.

O som dos aviões se aproximando ficou mais alto.

O ataque

Quando ouviram Jean entrar correndo no dormitório, as crianças se apressaram para voltar a suas camas, menos Joyce, que já estava na dela. Depois de a Sra. Hogg ter gritado com a menina, ela voltara ao quarto e fora imediatamente para debaixo das cobertas, sem querer que as outras crianças no quarto vissem como estava aborrecida. Aquele era seu limite. Ela não falaria mais com a Sra. Hogg até a diretora se desculpar com ela.

O fato de a Sra. Hogg não se irritar por eles estarem fora da cama demonstrava que algo sério estava acontecendo. Assim que ela explicou que havia uma esquadrilha de bombardeiros alemães sobrevoando os arredores, as crianças, pegando suas máscaras de gás, souberam exatamente o que deviam fazer.

— Já para o porão — ordenou Jean, enquanto elas se dispersavam. — Rápido.

Eve entrou no quarto com Harry.

— Mas por que eles nos atacariam? Não tem nada aqui em um raio de quilômetros. É a base aérea?

— Duvido — respondeu Harry, observando as crianças saírem apressadas do quarto. — As bombas que eles não usam nas cidades são jogadas no caminho de volta. Falta de sorte, acho.

Edward, na pressa para sair, havia se esquecido do Mr. Punch.

— Não há tempo para isso — avisou Jean, segurando a mão do menino. — Venha.

O fantoche foi deixado na cama, seu sorriso de dentes quebrados debochando deles; sua túnica bordada e seu chapéu que um dia foram imaculados agora se tornavam tão pretos e mofados quanto as paredes. Eve ficou feliz pelo brinquedo permanecer onde estava. Algo nele a perturbava.

No entanto ela não teve tempo de pensar nisso, pois as crianças precisavam ser levadas ao porão.

Uma de cada vez, elas seguiram pela cozinha e desceram a escada escorregadia. Jean ia à frente, segurando uma lanterna. Enquanto Eve e Harry cuidavam da retaguarda, eles ouviram Joyce gritar lá de baixo:

— Professora! Professora! Está tudo molhado! E fedido!

Eve chegou ao pé da escada. Joyce tinha razão. O nível da água no porão estava ainda mais alto que antes. Cobria os tornozelos de todos, subia por suas pernas.

— Vai ter de servir — falou Jean, dirigindo-se ao grupo.
— Encontrem algo sobre o que sentar ou ficar de pé. Isso deve ajudar. Receio que eu não possa fazer nada quanto ao cheiro. A casa é velha; tudo está podre. Vocês simplesmente vão ter de se acostumar a isso.

As crianças, apertando os narizes com força e fazendo sons de ânsia de vômito, claramente não concordavam.

Ruby colocou os dedos na parede mais próxima e sentiu o mofo molhado e pingando.

— Este lugar é horrível, professora. Até as paredes estão chorando.

Eve olhou para Harry desconfiada.

— Está pior que antes — comentou ela. — Isso não é nada bom, temos de sair daqui.

— Vamos ficar bem se permanecermos juntos — argumentou ele. — Se cuidarmos uns dos outros.

Eve balançou a cabeça de modo relutante.

— Vamos, por favor — falou Jean, aparecendo ao lado dos dois. — Ajudem as crianças.

Como Eve previra, Jean tentava lidar com o estresse da situação recorrendo a coisas práticas e à rotina. Sua expressão estava tão impassível quanto antes, quando Eve e Harry lhe contaram sobre Jennet Humfrye. Ela cuidou de todos, assegurando-se de que havia lugar suficiente para as crianças se sentarem ou pelo menos ficarem de pé em relativo conforto.

— Acho que o que serve de consolo é que não temos de ficar aqui a noite inteira — declarou Jean a ninguém em particular, possivelmente a si mesma — Assim que os aviões tiverem passado, o perigo deve ter acabado.

Ninguém respondeu. Na superfície, eles podiam ouvir o som distante de bombas caindo.

Velas foram acesas e colocadas em qualquer superfície disponível. Todos tremiam por causa do frio e da umidade. O cheiro não havia melhorado, mas eles se acostumaram. Não podiam se sentar em nenhum lugar central, então foram obrigados a se espalhar entre as fileiras de estantes, tirando as caixas maiores para servir de assento, ou se empoleirando nas beiradas das prateleiras.

— Minha mãe diz que, quando é possível ouvir as bombas, não tem nada com o que se preocupar — falou Ruby. — É quando tudo fica silencioso que elas vão cair sobre você.

Todos permaneceram em silêncio, escutando.

Lágrimas no escuro

Harry se sentou em um engradado virado de cabeça para baixo e, tentando ignorar o som das bombas caindo do lado de fora, olhou para Eve. Após terminar de ajudar Jean a organizar as crianças, ela se sentou sozinha, pegando a carta de Jennet Humfrye e relendo-a sem parar, seu rosto concentrado. *Como se a estudasse*, pensou ele, *examinando-a cuidadosamente em busca de um significado escondido ou de uma mensagem secreta.*

Harry não notou o menino sentado a seu lado.

— Você é piloto?

Harry tomou um susto. Não havia percebido como estava nervoso. Ele se virou para o menino. Era uma criança rechonchuda com cabelos encaracolados, e seus olhos brilhavam com um misto de terror e empolgação. Harry tinha visto muitas pessoas responderem à guerra daquela forma. Ele se esforçou para lembrar. Alby? Algo assim. Alfie. Era esse o nome do menino.

— A Srta. Parkins disse que você é piloto — continuou Alfie.

Harry balançou a cabeça afirmativamente, enquanto uma bomba caía do lado de fora. Elas se aproximavam.

— É verdade — respondeu ele.

Alfie sorriu.

— Eu vou ser piloto.

O porão tremeu quando outra bomba caiu ali perto. Harry se encolheu.

— Eu esperaria até a guerra acabar, se fosse você.

O garoto se preparava para disparar todas as suas perguntas, mas Harry não queria respondê-las. Ele se desculpou e se levantou, andando até Eve, que estava sentada de costas para o restante do grupo, ainda debruçada sobre a carta. Ele se sentou a seu lado, notando, pela primeira vez, as lágrimas nos olhos dela.

— Ei, não fique assim.

Harry passou o braço em volta dela.

— Ninguém — disse ela, quando seu choro estava controlado —, ninguém merece sofrer como ela sofreu.

Eve falava sussurrando para que os outros não a ouvissem. Harry respondeu da mesma forma.

— Não é só isso, certo? — Ele estudou o rosto da moça. — Não é apenas sobre Jennet Humfrye e o filho.

Eve não respondeu. Sua mão foi até o colar de querubim outra vez.

— Conte-me por que isso a abalou.

Eve suspirou, olhando para ele, mas não falou. Harry afastou o braço dela e segurou sua mão. Era pequena e estava fria.

— Por favor.

Eve suspirou novamente, seus olhos correndo pelo porão, para garantir que ninguém escutava. Quando ela começou a falar, Harry parou de prestar atenção às bombas que caíam.

— Eu... Eu tive um filho. — Sua voz parecia tão diminuta quanto sua mão, mas não tinha nada de fria. — Um menino. Eu não era casada. Éramos... Eu era jovem demais. Então eu... eu o abandonei.

Sua voz estava trêmula.

Harry não sabia o que dizer. Ele observou a luz brilhando no colar, o sorriso da criança reluzente e feliz. Sempre presente, sempre se lembrando dela.

Eve estendeu a carta de Jennet para ele.

— Jennet lutou pelo filho.

Harry não sabia o que fazer. Se não era capaz de consertar com as próprias mãos, não tinha ideia do que fazer. Mas queria ajudar, queria dizer ou fazer algo que daria a Eve alguma espécie de paz.

— Tenho certeza de que você fez a coisa certa — comentou ele, então se repreendeu pela superficialidade de suas palavras.

Eve negou com a cabeça e retrucou:

— O que fiz foi egoísta. Eu achei... Eu achei que podia suportar... — Seus olhos cintilaram enquanto ela relembrava o passado. — Uma enfermeira veio e o tomou de mim. Sem pensar duas vezes. Eu nunca o vi. Nunca nem o segurei no colo. Eles não me deixaram...

A voz de Eve sumiu.

Harry esperou.

— Tentei procurá-lo, mas não queriam me dizer onde ele estava. Nem queriam me dizer o nome dele. — Ela suspirou. — Então, depois de alguns anos, eu... desisti. Desisti do meu próprio filho. Eu o deixei ir embora...

Harry não disse nada, apenas apertou a mão dela.

— Você não pode deixar o passado deprimi-la — comentou ele, depois de um tempo. — É fácil deixar isso acontecer, permitir que se torne um prisioneiro dele, mas é preciso continuar em frente. — Ele suspirou. — Acho que o que estou tentando dizer é que... a vida é curta e há muita coisa para fazer agora. Pessoas ao redor precisam de você... e você tem de... você tem de estar...

Eve olhou para as profundezas dos olhos de Harry e se perguntou se ele falava tanto de si mesmo tanto quanto dela. Não importa, suas palavras a faziam reconhecer algo nele que também estava dentro dela. Eve o abraçou e o puxou para mais perto. Ele correspondeu.

Então uma das crianças gritou.

Mãe e filho

— O que eu disse? O quê?

Eve se virou rapidamente, os braços de Harry se afastando dela, e seguiu até o outro lado do porão, a água ao redor de seus tornozelos dificultando o avanço, as costas da mão secando as lágrimas enquanto caminhava. Ela encontrou Fraser com uma expressão envergonhada e Jean diante dele.

— O que eu disse? — continuou Jean. Ela apontou para uma geringonça circular em uma prateleira. — Deixe as coisas onde estão.

— Sinto muito, professora. Eu só queria testar...

Fraser segurava um velho zootrópio. Quando era girado suficientemente rápido, as figuras no interior começavam a se mover. Ele havia olhado para o brinquedo e vira um rosto furioso observá-lo do outro lado. O rosto de Jean.

— Por favor, coloque isso de volta na estante, Srta. Parkins.

Eve o pegou da mão de Fraser e o recolocou na prateleira. Ao fazê-lo, notou uma pilha de velhas fotografias a seu lado e a pegou. Ela desatou a fita velha que as prendia e, procurando algo que afastasse de sua cabeça a recente confissão a Harry, começou a estudá-las.

Elas mostravam homens e mulheres vestindo o que ela supôs serem suas melhores roupas, parados em poses formais e rígidas, suas expressões tão sérias que quase pareciam irritadas. Em outras circunstâncias, Eve as teria achado divertidas. A Casa do Brejo da Enguia parecia resplandecente em todas as fotografias, tão sólida e imponente, não a ruína caindo aos pedaços que era hoje.

Então, entre elas, dobrada, Eve encontrou outra fotografia. Desdobrou-a e sentiu um tremor de apreensão. A foto mostrava uma mulher e o filho parados diante da Casa do Brejo da Enguia. A mãe tinha a mão no ombro do menino, e as mãos do menino estavam juntas, segurando algo.

Os olhos da mãe foram riscados.

Mas essa não era a única coisa que ela achou perturbadora na foto. Havia algo familiar. Estudando com mais atenção, Eve descobriu o que era. Ela vira a foto antes.

— Harry...

Ele foi até o seu lado.

— O que foi?

Ela lhe mostrou a fotografia.

— Isso é familiar? Já vi isso antes...

— Onde? — sussurrou ele.

Eve apontou a cabeça levemente na direção de Edward. Ele estava sentado entre as outras crianças, mas sua tranquilidade o destacava. A cabeça dele estava abaixada, sua atenção focada no desenho em seu colo.

— Ali — indicou ela, com a voz tão baixa quanto a de Harry. — Edward. O desenho que ele fez, aquele do qual não se separa. Achei que era dele com a mãe, mas não é.

— Edward e... — Harry olhou para ela e fez que não com a cabeça. — Não... Jennet?

Os dois olharam para o menino. Edward ergueu a cabeça lentamente. Seus olhos, escuros e desconfiados, encontraram-se com os dela. Eve sentiu um calafrio mais uma vez. Então uma expressão de medo passou pelo rosto do garoto, que fechou os olhos com força, como se estivesse se preparando para receber um golpe doloroso.

— Edward...

Uma brisa penetrante e fria soprou no porão, apagando todas as velas. Na escuridão repentina, as crianças gritaram.

— Está tudo bem, crianças — disse Jean —, não há motivo para pânico. É apenas uma corrente de ar, só isso.

Eve sentiu Harry a seu lado. Ele se mexia, tentando pegar o isqueiro.

— Lembrem-se de onde estão os palitos de fósforo — veio a voz de Jean. — Lembrem-se... Lembrem-se da prateleira em que vocês os colocaram.

Eve escutou os sons de água respingando enquanto as crianças se moviam, acompanhados de lamentos enquanto elas lutavam contra a histeria crescente. Ela ouviu mãos se arrastando enquanto procuravam os palitos de fósforo.

Eve pensou em Jacob, o eremita cego do vilarejo. *Pelo menos elas estão em segurança*, pensou. *Por enquanto. Pelo menos ela não pode pegá-las se ninguém puder vê-la.*

— Professora — gritou Ruby. — Encontrei alguns palitos de fósforo.

O coração de Eve pulou.

O rosto de Ruby foi iluminado durante um segundo, sua sombra projetada na parede ao fundo, enquanto o palito de fósforo era acendido, então rapidamente se apagava.

— Vou tentar de novo...

Mais uma vez o palito de fósforo foi aceso. Desta vez, Eve notou Flora e Fraser parados a seu lado, seus rostos igualmente amedrontados, suas três sombras projetadas contra a parede. Em seguida o fósforo se apagou.

Ela tentou novamente.

Edward, pensou Eve, e correu na direção dele, com Harry ao lado.

— Consegui — gritou Flora, acendendo uma vela no palito de fósforo.

— Estamos todos aqui? — perguntou Jean. — Ótimo.

Estavam todos ali. Ninguém notou a sombra adicional, se soltando do canto mais afastado do porão e se movendo na direção deles.

A luz se apagou novamente.

— Ruby... — A voz de Jean estava carregada de tensão. — Vamos lá...

Ruby conseguiu reacender a vela. Assim que a chama se firmou, Jean a tomou da mão da menina e caminhou pelo porão, reacendendo as outras. A tensão no ambiente diminuiu. Algumas crianças deram risinhos nervosos.

— Fique perto da gente — pediu Eve a Edward, sorrindo e passando o braço em volta do menino.

Mas Edward apenas a afastou.

Eve tentou novamente.

— Por favor...

Edward repetiu o gesto. Ele não queria que ela o tocasse. Eve balançou a cabeça, frustrada, e se afastou dele.

Todas as crianças estavam novamente na claridade.

Menos uma.

Joyce, sem ser vista pelos outros, separou-se do grupo. Ela havia ficado magoada com as reprimendas da Sra. Hogg e nem mesmo a escuridão repentina tinha conseguido dissipar aquele sentimento. Então a menina virou a cabeça e olhou para um canto, onde as sombras se juntaram. Ela continuou olhando para lá, imóvel. Joyce não gritou. Algo ondulante e pegajoso se contorcia em volta de seus tornozelos. Sua cabeça estava inclinada para o lado, como se ela estivesse escutando algo. Depois de um momento, ao ouvir alguma coisa que ninguém mais no porão ouviu, Joyce balançou a cabeça, concordando. Lentamente. Apenas uma vez. Então se virou e, fazendo o mínimo de barulho possível, como se o que quer que estivesse deslizando ao redor de seus tornozelos estivesse agora guiando seus passos e amortecendo seus pés, caminhou em direção à escada. A menina chegou à base dela e olhou para cima.

Delineada contra a porta que levava à cozinha estava Jennet Humfrye.

A mulher de preto se virou e entrou na casa.

Joyce, com o rosto inexpressivo, seguiu-a em um ritmo lento e comedido.

Uma boa menina

O ruído dos aviões no céu era ensurdecedor, a casa tremendo por causa da proximidade das bombas que caíam. Porém Joyce não percebeu, nem mesmo se encolheu. Ela entrou no dormitório das crianças e seguiu até a cama.

Jennet Humfrye estava parada no canto atrás da cama vazia de Tom, as gavinhas de mofo preto nas paredes atrás dela se agitando e aumentando. Mantinha uma postura ereta, um véu preto escondia sua expressão branca como osso, suas rugas parecendo longas lágrimas pretas escorrendo pelo rosto. Seus olhos eram carvões negros, iluminados por um fogo maligno e dançante.

Na cama diante de Joyce estava o fantoche do Mr. Punch. Apoiado sobre o travesseiro, ele olhava de forma maliciosa para ela com seu sorriso de dentes quebrados e seu rosto coberto de feridas e pústulas.

Joyce não prestou atenção a nenhum dos dois. Ela parou ao lado de sua cama e tirou sua máscara de gás da caixa. Lentamente, desenroscou o filtro e dobrou sua toalha de rosto, empurrando-a para dentro, bloqueando as passagens de ar.

Ela estudou o resultado e assentiu com a cabeça, satisfeita com a própria obra.

Então colocou a máscara sobre o rosto.

— Onde está Joyce?

A voz de Eve ecoou pelo porão.

Harry parecia ansioso. Eve notou algo sendo compreendido e acionado nos olhos de Jean.

— Vamos lá, todo mundo vasculhando o porão.

As paredes tremiam e soltavam poeira e mofo que flutuavam por todo o cômodo, mas ninguém deu importância àquilo. Estavam determinados a encontrar Joyce. Eles procuraram no porão inteiro, nos vãos entre as estantes, nas fendas, nos cantos. A menina não estava em lugar algum.

— Ela deve ter subido — comentou Jean, olhando para o teto, raiva transparecendo em sua voz.

As paredes tremeram quando uma bomba caiu perto.

— A gente não pode deixar que ela faça isso — declarou Ruby. — Temos que encontrar Joyce.

Eve tentou imaginar onde Joyce estaria. Junto à parede, perto da escada, era isso. Ela atravessou até o local exato. A parede atrás de onde Joyce estivera se encontrava rachada e enegrecida. O coração de Eve disparou. Ela virou a cabeça na direção de Harry.

— Jennet a levou...

Ruby franziu a testa.

— Quem é Jennet?

Eve começou a subir a escada correndo, com Harry atrás dela.

No porão, as crianças entraram em pânico.

— Todos fiquem onde estão — ordenou Jean, com sua voz mais autoritária. — Está tudo sob controle...

Mas nem ela acreditava em suas próprias palavras.

Joyce tentava respirar, mas não havia ar suficiente para encher os pulmões.

Ela estava totalmente imóvel, braços esticados junto ao corpo, forçando a respiração dentro da máscara de gás, que se aproximava de seu rosto cada vez que tentava puxar o ar. Ela respirou outra vez, tentou novamente. Mas não adiantou. Simplesmente não havia ar suficiente.

Joyce começou a ficar tonta. Enquanto as bombas caíam e explodiam do lado de fora, ela podia ver estrelas diante dos olhos. Suas pernas começaram a ficar bambas.

Os buracos para os olhos na máscara estavam ficando embaçados por causa de sua respiração. Era como sua própria névoa particular. Mas através dela Joyce ainda conseguia ver a mulher de preto parada a sua frente e o Mr. Punch com o sorriso malicioso na cama. Ela sentiu os dois incitando-a, encorajando-a, e ela queria agradá-los, especialmente a mulher. Ela tinha regras rígidas, Joyce podia sentir aquilo. E sabia que era muito importante segui-las. Fazer o que a mulher mandava. Ser uma boa menina.

Ela tentou, e não conseguiu, respirar mais uma vez.

O barulho era ensurdecedor. As paredes tremiam, as bombas caíam. Eve gritou o nome de Joyce, mas ela sabia que a menina não seria capaz de ouvi-la. Ela mesma mal escutava a própria voz.

Eve correu da cozinha, com Harry a escoltando, até o próximo cômodo, então até o seguinte. Eles a procuraram desesperadamente, gritando o nome de Joyce, temendo o que acreditavam estar acontecendo, torcendo para não chegarem tarde demais.

As pernas da menina cederam e ela caiu no chão. O quarto estava ficando escuro, a sombra invadindo tudo a sua volta. Mas essa escuridão não era como a noite, Joyce sabia. Essa escuridão duraria para sempre. Porém ela tinha de fazer o que a mulher dizia. Tinha de seguir suas regras e agradá-la.

A escuridão a dominou, e Joyce sentiu uma espécie de alívio. Ela havia cumprido as ordens que tinha recebido. Desempenhara sua tarefa com perfeição. Ela ouviu uma voz, tão estridente e escura quanto a casa decadente ao redor.

— É assim que se faz...

— Não. Ah, não. Ah, não, não, não, não, por favor, não...

Eve e Harry entraram correndo no dormitório das crianças. Joyce estava deitada no chão, imóvel. Harry ajoelhou, arrancou a máscara de gás do rosto da menina e a arremessou para o outro lado do quarto. Eve ajoelhou a seu lado.

Ele tentou reanimá-la, mas, pela cor e pela expressão contorcida do rosto, Harry sabia que era tarde demais. Seus olhos estavam virados, deixando esferas brancas leitosas olhando para eles, como um peixe morto.

Eve começou a chorar.

— Está tudo bem — disse Jean de trás deles, ofegante por causa da corrida. — Os aviões estão indo embora. Estamos seguros agora. Estamos seguros...

Ela viu o corpo sem vida caído entre os dois e sua voz imediatamente se apagou.

Refugiados

— Foi um acidente, só isso, um terrível acidente...
Jean sempre havia acreditado que suas opiniões e crenças eram sólidas. Ela as tinha feito ser assim. Algumas vezes imaginava que sua mente era o lugar mais organizado possível. Tudo o que ela sentia e em que acreditava estava no lugar, perfeitamente ordenado e preso com firmeza. Qualquer coisa desagradável que ela não queria — ou não podia — permitir era armazenada, como bugigangas indesejadas em um armário, coisas das quais ela não queria se livrar, mas que não queria ver.

Agora, depois de tudo que havia acontecido, Jean sentiu que aquelas crenças estavam mudando. Elas já não se encontravam mais presas, seguras e garantidas, mas flutuavam, atrapalhando, esbarrando em outras coisas. A porta do armário estava aberta, e aqueles pensamentos sombrios e profundos escapavam. Se não tivesse cuidado, eles a dominariam completamente.

— Um terrível acidente...
Jean proferia as palavras como se fossem um mantra, assentindo com a cabeça toda vez que as dizia, como se,

ao repetir aquilo o suficiente, elas pudessem se transformar em verdade.

Do lado de fora, o sol, acabando de se erguer sobre o horizonte, prometia um belo e frio dia de inverno. Raios de sol gloriosos chegavam às janelas altas e iluminavam a sala de jantar de forma viva e celestial. Mas a vivacidade não alcançava os vultos sentados reunidos em volta da mesa em um pequeno grupo.

Por falta de lugar para deixá-lo, Harry deitou o corpo de Joyce em sua cama, com um cobertor sobre ele. A porta do dormitório havia sido fechada, com instruções rígidas para que ninguém a abrisse. As instruções eram desnecessárias. Ninguém queria entrar lá.

Harry e Eve se encarregaram das crianças restantes, levando-as à sala de jantar, insistindo para que ficassem juntas. Os jovens estavam sentados quase em estado catatônico, a não ser Ruby, que não havia parado de chorar. Harry e Eve estavam sentados com eles, tentando pensar no que fazer em seguida.

Jean estava virada de costas para o resto da sala, sem querer que ninguém visse as lágrimas contra as quais lutava desesperadamente, determinada a não ceder a suas emoções. Pela primeira vez na vida, todas as suas crenças tinham sido desafiadas e ela não sabia como lidar com isso.

— Foi um acidente, só isso. Apenas um *terrível* acidente...

Harry colocou a mão no ombro da diretora.

— Jean.

Ela se virou e olhou para o capitão, seu lábio inferior trêmulo, seus olhos perdidos e sem foco.

— Não foi — retrucou ele, com a voz mais suave possível.

A sala ficou em silêncio. Até mesmo Ruby parou de chorar.

Eve se levantou. Impotência, medo e raiva se misturavam dentro dela, lutando pela primazia. Ela tinha de fazer algo, tomar alguma atitude. Andou até a parede mais próxima e lentamente passou os dedos sobre uma rachadura recente, então recolheu a mão e examinou os dedos como se ela tivesse sido contaminada de alguma forma.

É isto, pensou. *É isto*.

— Do que adianta? — murmurou.

Eve olhou para a sala ao redor, descobriu cada pedaço mofado, cada rachadura que nenhum raio de sol seria capaz de um dia atingir.

— Você não vai trazê-lo de volta! — exclamou ela. — Não importa quantos mate, ele não vai voltar!

Eve gritou as últimas três palavras.

As crianças apenas olhavam para a professora, com medo nos olhos. Elas nunca a viram dessa forma antes. Primeiro a diretora, agora a Srta. Parkins...

— Apenas... nos deixe em paz...

Harry se levantou e se aproximou dela, passando o braço por seus ombros. Eve sentiu seu corpo arrefecer enquanto a tensão diminuía. Ele a conduziu de volta à mesa.

— Vamos partir assim que a maré baixar — decretou ele. — Posso levar vocês até o vilarejo, então pensamos em uma forma de enviá-los para casa.

Eve parou de se mexer, com os ombros tensos mais uma vez.

— Não vou voltar ao vilarejo — retrucou ela.

Harry franziu a testa.

— Leve-nos para a base aérea.

Harry pareceu momentaneamente chocado com a sugestão. Ele devia estar fazendo alguns cálculos, pensou Eve, como se estivesse decidindo algo.

Então sorriu.

— Tudo bem.

A evacuação estava a todo vapor. As crianças eram tiradas da casa o mais rápido possível. Elas carregavam apenas o que conseguiriam levar no jipe. Edward, Eve notou, estava segurando o Mr. Punch com força. O fantoche parecia estar se deteriorando diante de seus olhos. Ela não sabia como o garoto suportava tocá-lo. Eve colocou a mão no braço do menino, fazendo-o parar.

— Deveríamos deixar isso aqui — disse, da forma mais razoável, porém firme, possível. Ela conseguiu mostrar um sorriso tímido. — O lugar dele é aqui.

Edward nem mesmo reconheceu o que ouvira. Ele não soltaria o brinquedo.

— Passe esse boneco para mim, por favor, Edward. — Sua voz estava fria agora.

Ele negou com a cabeça.

— Edward...

Eve tentou agarrar o fantoche, mas o garoto o afastou. Ela não seria vencida. Com uma das mãos segurou com força o braço de Edward, com a outra arrancou o boneco de seu poder. Ao fazê-lo, Eve sentiu uma dor aguda na mão. Ofegou, deixando o boneco cair e examinando seus dedos. Sua mão sangrava entre o polegar e o indicador.

Droga, pensou ela, *isso está tão velho e rachado que soltou uma farpa em minha mão.*

Eve pegou o boneco e o examinou. O mesmo sorriso malicioso estava em seu rosto, mas dessa vez havia sangue entre seus dentes. Se ela acreditasse nesse tipo de coisa, teria dito que o boneco havia mordido sua mão.

Ela o jogou de volta dentro da casa e se virou para Edward. Mas ele havia se juntado silenciosamente aos outros no jipe.

Quando todos estavam apertados dentro do carro, Harry se sentou atrás do volante e acelerou. Eve estava sentada no banco traseiro com as crianças. Enquanto as outras olhavam para a frente, ela notou que a cabeça de Edward estava virada, olhando fixamente para a casa que ficava para trás.

— Edward — chamou Eve.

O menino a encarou, seus olhos escuros, indecifráveis.

— Não olhe para trás — continuou ela.

Eve olhou bem nos olhos do menino. Após um tempo, ele se virou para olhar para a frente de novo.

Ira. Era isso que queimava dentro da mulher enquanto ela observava o grupo partir junto à janela do quarto de criança.

Ela estendeu seus dedos, tentou tocá-los, alcançá-los, trazê-los de volta. Não adiantou. Eles estavam muito distantes. Seus dedos bateram no vidro da janela, sua mão transformada em uma garra. A ira fervia e ardia dentro dela, uma força vital alimentando-a, sustentando sua existência contínua.

Ela arranhou o vidro com os dedos, suas unhas guinchando e uivando. O vidro rachou seguindo os movimentos irregulares de suas garras afiadas.

O jipe desapareceu na passagem.

Ela gritou com fúria e dor enquanto assistia à partida, seus dedos pressionando o vidro fragmentado com mais força, os guinchos aumentando.

A janela se estilhaçou em milhares de pequenos cacos; repentinamente, de forma explosiva.

Ela não os deixaria fugir.

A base aérea fantasma

— Aviões! — gritou Alfie.

— Alfie, volte aqui...

A voz de Jean se perdeu ao vento, mas ela saiu atrás do garoto, querendo manter todos juntos.

O menino, tendo esquecido sua ansiedade anterior, ficou animado assim que viu os aviões pela cerca enquanto o jipe se aproximava da base aérea. Quando descobriu aonde eles estavam indo, Alfie só falou disso até chegar lá.

Alfie correu o mais rápido que conseguiu em direção aos aviões estacionados no perímetro da base aérea, Jean e Eve o seguindo de perto. Mas ele parou assim que chegou à primeira aeronave. Eve, em pânico e temendo o pior, correu ainda mais rápido para alcançá-lo.

Quando ela parou ao lado do menino, ele se virou para a professora, com decepção e confusão no rosto.

— Eles não são de verdade. Este não é um verdadeiro...

Eve olhou ao redor, observando a base aérea com atenção pela primeira vez. Só então ela notou que aquilo não era como imaginava ou esperava que fosse uma base aérea. Não havia hangares, apenas grandes pedaços de lona estendidos no solo para dar a impressão de construções quando vistos do céu. Os aviões, apesar de convincentes de longe, de perto não se pareciam com um avião de verdade. Eram ocos, feitos de madeira e lona, suas marcações e seus motores meramente pintados. Em volta da grade que delimitava a base aérea havia grandes cestas de palha cheias de gravetos.

Um vulto saiu de um bunker enterrado na base da montanha e caminhou em direção a eles. Corpulento, na casa dos 40 anos, ele abotoava a túnica de seu uniforme e soltava um guardanapo de linho que estava preso em volta do pescoço. Ele parou quando viu as mulheres e as crianças, franzindo a testa para Harry.

— O que está havendo, cabo?

Eve olhou para Harry, que ruborizou e pigarreou.

— Essas pessoas precisam ficar aqui por algumas horas, sargento Cotterell. Refugiadas. Sua... casa foi destruída no bombardeio ontem à noite. Estou providenciando transporte para elas.

Cotterell moveu os olhos de Harry para as crianças, claramente descontente com a situação.

— Você devia ter pedido autorização a mim, cabo.

Harry parecia querer que a terra se abrisse e o engolisse.

— Sim, sargento. Sinto muito.

Cotterell encontrou um último pedaço de comida presa entre os dentes, sugou-a e comeu. Ele balançou a cabeça.

— Não deixe que eles atrapalhem suas tarefas.

— Sim, senhor.

Cotterell respirou lentamente.

— O relatório da situação está calmo para a noite de hoje — declarou o superior. — Então é apenas você na vigia. A Equipe S está de sobreaviso para o caso das coisas mudarem.

Harry saudou seu sargento, que se afastou. Eve se virou para Harry.

— Harry, o que é...

Ele enroscou seu braço no dela e a afastou das outras pessoas. Nuvens carregadas se juntavam no céu, transformando o dia em uma escura quase noite. Assim que estavam longe o suficiente para não serem ouvidos pelos outros, ele começou a explicar.

— É uma base aérea falsa — disse, incapaz de encarar Eve. — Para os nazistas bombardearem aqui em vez de uma de verdade. Movemos luzes pela área para fazer parecer que aviões estão decolando. — Ele apontou para os grandes cestos de palha cheios de gravetos. — Então acendemos os cestos para fazê-los pensar que nos atingiram. — Harry suspirou. — Somos iscas.

— Mas você disse que era piloto. Você disse que era capitão...

Harry virou a cabeça para as nuvens carregadas.

— Fui as duas coisas. Um dia. Mas, depois de ser abatido, eu... — Ele limpou o canto de um olho. — O vento — explicou ele, balançando a cabeça. — Depois de ser abatido, eu... eu não consegui mais voar. Então me rebaixaram. E me mandaram para cá. Falta de fibra moral, foi o que disseram. Significa que você é um covarde. Oficialmente.

Os dois ficaram sem falar por um tempo. Eve acabou quebrando o silêncio.

— Por que você não me contou? — A voz dela era acanhada.

Harry tentou rir. Aquilo soou quase como um soluço.

— Eu gostava da forma como você me via... Patético, não é...?

Eve lentamente colocou a mão em sua bochecha. Ela sorriu para Harry, que se afastou.

— E aí está aquele sorriso de novo — disse ele. — Aquele sorriso enigmático. É de pena por mim?

Ela meneou a cabeça e colocou a mão em sua bochecha mais uma vez.

— Não — respondeu ela. — Nada disso.

Era a primeira vez que Harry olhava para Eve daquela maneira, de verdade, do jeito que ela merecia, vendo o que estava em seus olhos, só para ele. Ela sorriu outra vez. Não havia como confundir o significado do sorriso agora, e ele retribuiu.

Eve o beijou, e Harry retribuiu.

Amigos novamente?

O bunker havia sido construído sob uma montanha. Em outras circunstâncias, esse teria sido um local empolgante para se visitar, um ótimo lugar para uma aventura. Mas não hoje, não agora. As crianças estavam paradas do lado de fora, reunidas, sem querer deixar ninguém fora do campo de visão.

Todas menos uma.

Edward estava parado um pouco afastado. Ele não havia percebido o mesmo que eles. O menino não tinha erguido os olhos quando a Sra. Hogg entrou no bunker seguindo o sargento mal-humorado, não se preocupara com a possibilidade de algo acontecer a ela e a diretora nunca mais sair de lá. Ele não vira a Srta. Parkins e o capitão se beijando e se abraçando perto dos aviões falsos.

O menino apenas permanecera ali parado, com as mãos nos bolsos, perdido em seus pensamentos, em sua tristeza.

Ele notou os sussurros a sua volta. Durante alguns segundos, achou que estava de volta a casa, ouvindo as antigas vozes conversando com ele mais uma vez, porém logo percebeu que eram as outras crianças e que elas falavam dele. Edward se esforçou para dar a impressão de que não escutava. Ele conseguiu distinguir trechos.

— Tom foi mau com ele...

Era a voz de Ruby, seu sotaque *cockney* carregado inconfundível, mesmo baixa.

— E Joyce ia dedurar...

Fraser. Edward não precisava olhar para saber que o menininho estaria com os olhos arregalados enquanto falava.

— E vejam o que aconteceu. — Ruby novamente. Ela imitava a afetação da mãe, a ponto de achar que, se fizesse uma declaração e a manifestasse de forma suficientemente enfática, ela sempre estava certa. — Faz sentido, não faz?

— Escutem. — Era James dessa vez, irritado. Tentando demonstrar liderança. — Apenas... fiquem quietos. Todos vocês. Escutem o que estão dizendo. Isso é idiotice.

Os outros se calaram. Edward relaxou um pouco. O menino sentiu algo caloroso dentro dele por seu antigo amigo. Gostaria de poder expressar isso de alguma forma.

— Acho que foi ele.

Edward congelou. Ele conhecia aquela voz muito bem. Flora. Em alguns momentos ela havia sido sua única aliada, ficando do seu lado contra todos, defendendo-o. No entanto, agora não era mais o caso.

Ele olhou para Flora. A jovem parecia tão triste e magoada. E algo mais, algo ainda pior. Sentia medo dele, parecia realmente aterrorizada.

Edward queria dizer algo, queria até mesmo chorar. Mas não conseguia. Trancado na prisão do próprio corpo, tinha simplesmente de ficar parado ali fingindo não ouvir enquanto todos os outros falavam dele.

Ruby, encorajada pelas palavras de Flora, começou novamente.

— James — disse ela, preocupada —, você derramou o leite dele.

— Não, não derramei — respondeu James, tentando não dar importância a suas palavras, mas estava claro em seu tom de voz que ela estava conseguindo perturbá-lo.

Ruby persistiu:

— Você derramou, sim.

— E... E... você também o trancou no quarto. — Alfie se juntava agora.

— Foi Tom — retrucou James, irritado. — Não fui eu.

Edward viu Fraser erguer a mão, apontar para James, com os olhos ainda arregalados.

— Você é o próximo...

— Ah, calem a boca, todos vocês — disse James. — Vocês são realmente patéticos. Crianças.

Ele deu as costas aos outros e se afastou para se juntar a Edward, mas seu antigo amigo não conseguia olhar para ele. Ainda sentia o toque daquela mão fria na dele, embora estivessem separados por quilômetros. Ainda podia sentir o cheiro do frio e da podridão da casa.

— Escute — começou James, ao parar ao lado de Edward —, eu... sinto muito pela gente ter trancado você no quarto de criança. Eu não... — James suspirou. — Sinto muito. Eu não fiz nada. Eu deveria ter feito alguma coisa e não fiz. E sinto muito por ter derramado seu leite também. Foi um acidente, não fiz de propósito.

Edward não disse nada. James deu a volta até encarar o menino de frente, sem nenhuma chance de desviar os olhos.

— A gente pode ser amigo novamente?

Edward queria responder, queria dizer "Sim, é claro que podemos. Vamos ser amigos, vamos nos divertir juntos novamente. Como antes".

Mas não conseguia.

Ele tentou, mas aquela mão fria e morta havia apertado a dele, o cheiro de umidade e podridão aumentando ainda mais. Edward tinha saído da casa, mas a casa ainda estava dentro dele.

— Edward?

Edward apenas virou a cabeça e olhou para o horizonte vazio e plano.

James, com os olhos úmidos de tristeza, afastou-se.

Começou a chover.

No bunker

A chuva caía forte agora, batendo no teto de metal corrugado como a saraivada de uma metralhadora.

Eve tinha levado as crianças para o interior do bunker assim que a chuva começara. Estavam todas lá, reunidas no meio da construção. Jean se encontrava atrás delas, com os braços sobre os ombros das crianças mais próximas, os dedos afundando na pele. Eve não sabia se a diretora estava se assegurando de que elas estavam em segurança ou se as crianças a estavam apoiando e mantendo-a de pé.

O equilíbrio do poder havia mudado consideravelmente dentro do grupo. Jean não tinha mais nada a oferecer, nada construtivo para contribuir. O que havia acontecido estava além de sua experiência, além de sua compreensão. Eve fora colocada no comando. Ela não queria exercer aquele tipo de liderança, mas esperava estar à altura. Para o bem de todos.

O bunker não tinha janelas e era deprimente. Ele consistia basicamente em uma longa sala, as paredes de concreto cobertas com folhas dobradas de metal corrugado. O metal continuava subindo, formando um teto. De um lado havia uma escada, que levava a uma escotilha no teto. Do outro, uma sala de máquinas de onde eram controlados a iluminação, o aquecimento e os dispositivos de acendimento dos cestos. As lâmpadas no teto projetavam uma luz triste e estéril na sala.

Eve olhou para as crianças paradas diante dela, com olhos arregalados e aterrorizadas. Até mesmo os abrigos antiaéreos no metrô eram mais seguros que isso, pensou ela. Precisava encontrar algo para dizer que as confortasse, que as inspirasse. Que as ajudasse.

— Nosso trem para voltar a Londres chega amanhã. Então vamos ficar aqui esta noite.

Eve conseguiu sorrir. Olhando para os rostos assustados e cansados das crianças, aquilo não pareceu fazer muita diferença.

Harry abriu um armário na sala de máquinas e pegou alguns capachos acolchoados e finos.

— Feitos pelo Departamento de Guerra, infelizmente — declarou ele a Eve, que o havia acompanhado —, mas vão servir para uma noite. As crianças podem se deitar neles.

— Obrigada. — Eve sorriu. Era um sorriso diferente daquele que havia fracassado em confortar as crianças. — Tenho certeza de que vão servir muito bem.

Enquanto Harry tirava os capachos e os contava, Eve deu uma olhada ao redor. Sua atenção foi imediatamente atraída por uma velha fotografia colada ao painel de controle sobre o gerador. Ela a pegou. A foto mostrava uma tripulação de pé diante de um bombardeiro, todos os homens sorrindo, com rostos jovens e cheios de vida. Eve olhou com mais atenção. Bem no meio estava Harry.

— Este é você, não é? — perguntou Eve, mostrando-lhe a foto.

Harry ergueu os olhos, seus braços cheios de capachos, pronto para responder. Quando viu o que ela segurava, sua expressão ficou sombria.

— Era — respondeu Harry.

Ele virou de costas e continuou com o trabalho.

A noite caiu, trazendo consigo ainda mais chuva. O mundo ficou escuro e cheio de estática.

As crianças ainda estavam reunidas dentro do bunker. Elas quase não falavam, mal se moviam. Assim que Harry desenrolou os capachos, elas se deitaram sobre as camas improvisadas. Estavam absolutamente exaustas, mas amedrontadas demais para dormir. Em vez disso, simplesmente ficaram deitadas ali, os capachos em um círculo no centro da sala. Como em um filme de faroeste, pensou Eve, todas as carroças formando um círculo para impedir os ataques dos índios.

Harry, Jean e Eve estavam sentados em cadeiras dobráveis de metal atrás do grupo de crianças. O único som na sala era das marteladas incessantes da chuva no telhado.

Edward estava deitado um pouco distante dos outros, com as mãos juntas sobre o peito, olhando o teto. As outras crianças tentavam dormir, ou ao menos fingir que o faziam. Edward não estava nem tentando. Eve tinha a impressão de que o corpo do menino era uma prisão e ele estava trancado ali dentro.

— Tente descansar um pouco.

Quando Eve se aproximou de Edward, ele se encolheu, dando-lhe as costas. Ele manteve os olhos fixos no teto de metal.

— Está tudo bem, Edward. Estamos longe da casa. Estamos seguros. Ela não pode pegá-lo aqui.

O menino não respondeu. Eve o estudou. Havia raiva nos olhos dele. Raiva dela? Por quê? Por jogar o boneco do Mr. Punch de volta para dentro da casa? Era isso? Justamente quando ela abriu a boca para dizer algo mais, Ruby apareceu a seu lado.

— Professora...

— Sim, Ruby.

— Tom contou para a gente que Edward viu um fantasma, professora.

A declaração era tão inesperada que fez Eve parar o que fazia.

— Bem, eu...

— Ele viu mesmo?

A primeira reação de Eve foi mentir, dizer que Tom estava falando tolices. Mas ela desistiu. Ruby merecia mais que aquilo, mais que mentiras. Para conseguirem escapar daquela situação, para ficarem em segurança, todos mereciam mais que mentiras.

— Sim, Ruby. Ele viu. Eu também a vi.

— Eve...

A professora ergueu os olhos. Jean estava balançando a cabeça em reprovação. Eve a ignorou e voltou sua atenção a Ruby.

— Sim. Eu também a vi. Mas está tudo bem. Se ela não for vista, não pode nos causar nenhum mal. Estamos aqui agora. Deixamos tudo aquilo para trás.

Qualquer fingimento de sono havia desaparecido. O restante das crianças agora escutava, todas elas olhando para Eve com medo e fascínio, lutando para processar as palavras, para lidar com a informação.

— Srta. Parkins, pare com essa baboseira imediatamente.

Jean a encarava, olhos faiscando. Ela se virou para as crianças.

— Isso tudo é mentira, meninos. A Srta. Parkins está tentando encher suas cabeças com besteiras e mentiras.

— Não — interrompeu Harry. — Não é mentira. Eve está dizendo a verdade.

Jean balançou a cabeça e se afundou novamente na cadeira. Mas, antes que ela pudesse expor qualquer argumento, Harry falou:

— Já me cansei de mentiras. Já me cansei de segredos Há coisas ruins aí fora. Pessoas que querem matar vocês, matar todos nós. Esta é uma época perigosa. E não superamos épocas perigosas ignorando ou fingindo que nada está acontecendo. Nós as superamos trabalhando juntos. É assim que acabamos com elas. — Ele olhou para o grupo a seu redor, então encontrou a mão de Eve e a apertou de forma reconfortante. — Entendido?

Eve sorriu para ele.

As crianças não disseram nada enquanto assimilavam a informação. Depois de um tempo, Fraser, com o rosto contorcido de concentração, falou:

— Então, professora, o fantasma é a mãe de Edward?

Eve balançou a cabeça em negativa.

— Não, Fraser. Isso não tem nada a ver com...

Ela apontou na direção de Edward, prestes a dizer seu nome, mas congelou.

Na mão do menino estava o fantoche do Mr. Punch. E, pela forma como ele brincava, o boneco parecia estar falando com ele.

Eve o encarou, horrorizada.

— Mas eu o tomei de você. Nós o deixamos na casa... — Ela caminhou até junto dele. — Ela lhe devolveu o boneco?

Edward a ignorou. Apenas continuou brincando.

— Diga, Edward...

Ele levou o fantoche ao ouvido, escutou, então assentiu com a cabeça.

— Diga!

Ele não respondeu. O silêncio tomou conta do bunker. Até mesmo a chuva parecia mais branda.

Então, ao longe, Eve ouviu uma canção familiar.

"Jennet Humfrye perdeu seu bebê..."

Harry se levantou e olhou ao redor. Ele também conseguia ouvi-la:

— O que é isso?

"No domingo morto, na segunda achado o corpo..."

As vozes ficaram mais altas, ecoando nas paredes de metal do bunker. Todas as crianças estavam sentadas, o medo marcado em seus rostos.

Todas menos Edward, que continuava simplesmente deitado ali.

"Quem será o próximo a morrer? Deve ser VOCÊ!"

O coração de Eve martelava em seu peito.

— Ela está aqui. Ah, meu Deus. Ela está aqui...

Harry ainda segurava sua mão.

— Mas ninguém a viu. Você disse que ela só aparece se...

Eve olhou para Edward, ainda brincando com o fantoche do Mr. Punch.

— Ela veio atrás de Edward.

Jean estava de pé.

— Agora parem com isso. Vocês estão assustando as crianças.

Eve se virou para ela.

— A senhora não ouviu aquilo?

Jean olhou fixamente para ela, pronta para discutir.

— A senhora ouviu, não ouviu? O que era aquilo então? O que eram aquelas vozes?

A boca de Jean se abriu e se fechou, mas nenhuma palavra saiu.

Antes que qualquer um pudesse falar ou se mover, do lado de fora veio o som de máquinas sendo ligadas.

Harry correu para a sala de máquinas. Os interruptores e os mostradores no painel de controle ganharam vida e agora estavam ligados.

— Alguém disparou as piras.

— Piras? — perguntou Eve.

— Os cestos de fogo do lado de fora.

Ele tentou mexer nos controles, porém, antes que conseguisse, o painel entrou em curto-circuito e fagulhas voaram. Harry protegeu os olhos. Ele estendeu o braço, tentou girar os botões mais uma vez. Nada respondeu.

— Eles não querem desligar...

Dentro do bunker, uma das lâmpadas do teto explodiu. As crianças gritaram e se abraçaram. O que sobrou da lâmpada começou a bruxulear e a soltar fagulhas.

O bunker estava quase na escuridão total.

Nas paredes, nos cantos e nas fendas, as sombras cresciam.

O círculo

Jean olhou para Harry e Eve, parados junto ao painel de controle, conversando, decidindo o que fazer em seguida. Eles nem mesmo a consultavam, fingindo que ela era invisível. Ou pior, idiota.

— O que vamos fazer? — perguntou Eve.

Harry voltou correndo para a sala principal, após desistir de tentar alterar qualquer um dos interruptores e os botões ligados ao gerador.

— Vamos ficar juntos. Essa é a melhor coisa que podemos fazer.

Jean já havia aguentado demais.

— Ah, por favor — disse ela. — Vocês estão sendo ridículos. Muito ridículos. — A voz dela se tornava esganiçada e histérica. Ela respirou algumas vezes. — Baboseira supersticiosa. É apenas uma... uma falha. Uma falha elétrica. Vamos resolver isso sendo racionais, não cedendo a...

— Todos deem as mãos — interrompeu Eve, ignorando Jean.

Eve e Harry mandaram as crianças formarem um círculo. Eve se certificou de que Edward estava a seu lado e segurou a mão do menino com firmeza.

— Certo — disse Eve, tentando parecer calma — Estamos todos de mãos dadas. Se alguém sair do círculo, dois de nós vamos saber.

Jean manteve as mãos junto a seu corpo.

— Srta. Parkins, isso é...

— Jean, por favor — interrompeu Eve.

Jean sentiu a raiva crescendo dentro dela.

— Não seja tão...

— Faça o que ela mandou! — gritou Harry para a diretora.

Jean, sem conseguir falar e acuada pela autoridade na voz do jovem, obedeceu às ordens mansamente.

Eles ficaram parados em um círculo. Imóveis, mal respirando.

A cantiga de ninar fantasmagórica começou novamente.

"Jennet Humfrye perdeu seu bebê..."

As crianças pareciam aterrorizadas. Eve não ia aceitar se sentir da mesma forma. Alguém tinha de permanecer calmo e racional, pensar em uma forma de sair daquela situação. *Concentre-se*, pensou ela, *ignore e concentre-se...*

— Jacob — disse Eve, pensando alto. — Ele foi o único sobrevivente... Cego... O que ele disse? Ele sobreviveu porque não podia vê-la... — Eve olhou ao redor para o restante do grupo. — É isso. Fechem os olhos. Todos fechem os olhos...

"No domingo morto, na segunda achado o corpo..."

— Agora! — gritou. — Fechem os olhos agora...!

Todos eles fecharam os olhos, até mesmo Jean. Ela se sentiu ridícula fazendo isso, mas algo a perturbava, indicava que aquela era a coisa certa a se fazer. Histeria coletiva, pensou, imitar o que todos estão fazendo. Mas a diretora não abriu os olhos.

— Professora — falou uma voz que Jean identificou como sendo de Fraser —, professora, estou com medo...

Antes que Jean pudesse responder, Eve falou:

— Está tudo bem, Fraser. Vamos fazer nossas preces noturnas. Isso vai ajudar.

— Não deixe que ela me pegue... por favor... — James estava aos prantos.

Jean tentou abrir a boca, pronunciar-se, dizer algo autoritário que acalmaria a situação, mas percebeu que não havia nada a dizer.

— Vamos lá, todo mundo — incitou Eve —, todos ao mesmo tempo... Há quatro...

"Quem será o próximo a morrer? Deve ser VOCÊ!"

— Vamos — continuou Eve — Há quatro cantos...

As crianças se juntaram:

— ... em minha cama. Quatro anjos em volta de minha cabeça...

"Jennet Humfrye perdeu seu bebê..."

— Mais alto! — exclamou Eve.

As crianças entoaram ainda mais alto o cântico:

— Um para vigiar e um para rezar...

"No domingo morto, na segunda achado o corpo..."

— E dois para levar minha alma.

"*Quem será o próximo a morrer? Deve ser VOCÊ!*"

O silêncio se fez presente. Ninguém soltou as mãos ou abriu os olhos. Os únicos sons que conseguiam ouvir eram a chuva no telhado e os cestos de fogo se acendendo do lado de fora.

Jean tentou não escutar nada daquilo. Ela se concentrou apenas na própria respiração. Escuridão e respiração. Isso era tudo. Era isso que a ajudaria a superar esse momento. Escuridão e respiração.

Então ela ouviu passos. Passos lentos e comedidos.

— Não solte as mãos, Edward.

Eve. Jean achou que o menino devia ter soltado sua mão, tentado fugir. Pela força na voz de Eve, ela não permitiria que Edward fizesse isso.

Os passos estavam se aproximando.

Escuridão e respiração... Escuridão e respiração... Jean apertou seus olhos já fechados com ainda mais força.

— Não olhem — mandou Eve. — Ninguém abra os olhos...

Jean ouviu os passos lentamente cercarem o grupo. Ela queria desesperadamente abrir os olhos, ver quem estava ali. Provavelmente era aquele sargento mal-educado que havia voltado, pronto para dizer algo que faria com que eles se sentissem ridículos, que faria com que eles se sentissem idiotas por fazerem aquilo.

— Isto é ridículo — declarou Jean.

— Jean... — A voz de Eve tinha um tom de advertência.

Os passos ainda caminhando, ainda cercando.

— Não. Sinto muito, mas é..

— Jean, não faça isso. Por favor, não faça isso... — Agora a voz de Eve revelava desespero.

Os passos se interromperam.

— Loucura — comentou Jean.

Ela abriu os olhos.

E lá estava a mulher de preto, sua face morta diante do rosto de Jean, gritando para ela.

Pandemônio

Jean caiu para trás, em pânico, juntando seus gritos aos de Jennet Humfrye. Enquanto caía, ela acertou Eve, que, sem equilíbrio, tropeçou em uma das cadeiras de metal, batendo com a cabeça na queda. Ela ficou caída, imóvel.
— Eve! — gritou Harry.
Ele correu até perto dela e tentou despertá-la. Eve permaneceu deitada, sem reagir, com os olhos fechados.
As crianças gritaram e correram, espalhando-se por todo o espaço disponível no ambiente parcialmente escuro.
Harry olhou ao redor. Jennet parecia ter desaparecido mais uma vez, porém aquele fato não parecia ter acalmado ninguém.
James se encolheu em posição fetal, com as mãos sobre a cabeça. Ele chorava, repetindo a mesma frase sem parar.
— Por favor, não me castigue... Por favor, não me castigue...
Harry viu Edward imóvel, como o olho de um furacão enquanto o caos girava a sua volta. Ele levou o fantoche do Mr. Punch ao ouvido mais uma vez, assentiu com a cabeça e correu na direção da escada.

— Edward! Espere!

O menino o ignorou.

Harry olhou para Eve. Ela respirava, mas estava inconsciente. Não havia nada que pudesse fazer por ela naquele momento. Ele se virou para Jean.

— Jean, cuide das crianças. Mantenha todas próximas.

Jean não parecia tê-lo escutado. Ela estava sentada em um canto, olhos arregalados e fixos. Fitando o vazio.

— Jean — chamou Harry, sério. — As crianças...

Ela fez que sim com a cabeça, entorpecida.

Harry delicadamente apoiou a cabeça de Eve no chão, levantou-se e seguiu Edward, subindo a escada e saindo pela noite.

A sombra de uma criança

Edward corria pela base aérea deserta o mais rápido que suas pernas conseguiam levá-lo. Os aviões falsos se agigantavam, aves de rapina pretas envoltas pelo céu cinza escuro da noite de tempestade pesada. A lona ondulando livremente ao vento e à chuva, sacudindo as molduras de madeira como as batidas de grandes asas de couro. As sombras de enormes e grotescas gralhas negras o seguindo aonde quer que fosse.

Ao redor, os enormes cestos de fogo se acendiam e ardiam, enviando grandes explosões de luz e calor; erupções curtas e incisivas de iluminação intensa, repentinas contra a escuridão, como rupturas em um sol que explodia. O tempo todo a chuva caía em proporções bíblicas.

— Edward...

Harry abriu a escotilha e saiu do bunker. Ele parou do lado de fora e olhou ao redor. Nenhum sinal do menino. Edward havia desaparecido entre os aviões. Harry correu, procurando-o.

Um cesto de fogo se acendeu e Harry, em vez de proteger os olhos, usou a explosão repentina de luz para vasculhar a área.

Ali, mais adiante, estava a sombra de uma criança através da lona de um avião. Vista brevemente, então desaparecida.

Harry correu na direção do avião.

Ninguém.

Ele olhou a sua volta, tentando se recuperar, ver em que direção Edward podia ter ido. Outra explosão de um cesto de fogo, então mais uma. Harry estava desorientado, confuso. Ele não conseguia ver Edward em lugar algum, não conseguia ver nada por alguns segundos, a não ser a imagem residual das rajadas intensas dançando em suas retinas.

Harry esperou sua visão voltar ao normal, então vasculhou o campo novamente.

— Edward...

Ali. Ele viu novamente o vulto do menino correndo enquanto passava atrás de um dos bombardeiros falsos. Harry foi atrás da imagem e chegou ao avião, ofegante, com a cabeça girando por causa das explosões.

Outro cesto pegou fogo, a faísca repentina iluminando o interior do bombardeiro mais próximo como uma radiografia. E lá estava o menino. Dentro do bombardeiro, Harry viu — por um segundo ou dois — uma sombra do tamanho de uma criança, encolhida no nariz da aeronave.

— Edward — gritou Harry —, está tudo bem... Sou eu, Harry... Você está em segurança agora...

Não houve resposta. A luz tinha desaparecido e Harry não conseguia ver ou ouvir nada no interior do avião. Ele deu a volta até encontrar a pequena escotilha de manutenção na parte inferior da fuselagem e subiu até o interior.

Harry piscou. De novo. E de novo. A princípio achou que a chuva havia embaçado sua visão, caindo forte e rápido demais do lado de fora, mas dentro do avião ela vinha das goteiras nas costuras da lona. Sua cabeça ainda girava por causa da proximidade das explosões, a chuva agravando a dor ao martelar insistentemente no casco do avião como pregos contra seu crânio. Estava escuro do lado de dentro, mais escuro que ele imaginou que estaria.

Olhou para o nariz da aeronave onde havia visto a sombra da criança e seguiu lentamente naquela direção.

— Edward... — Harry falava suavemente, para não assustar o menino. — Está tudo bem... Você está em segurança agora...

Chamas se ergueram do lado de fora, projetando sombras contra a parede de lona. A silhueta de uma criança surgiu. Então outra. E mais uma. Então mais, todas aparentemente paradas do lado de fora do avião, esperando.

Harry piscou. *Não*, pensou ele. *É um truque de luz.* Seus olhos ainda não estavam acostumados às mudanças repentinas entre claro e escuro.

E então ele ouviu a cantoria.

"Jennet Humfrye perdeu seu bebê..."

A mente de Harry se perdeu.

— Não escute, Edward. Não escute...

Mais silhuetas apareceram do outro lado do avião, iluminadas por clarões. A cantoria ficou mais alta.

"No domingo morto, na segunda achado o corpo..."

— Não dê ouvidos às vozes... — gritou Harry. — Não se entregue a elas...

As vozes ficaram ainda mais altas.

"Quem será o próximo a morrer? Deve ser VOCÊ!"

Então, silêncio. As sombras desapareceram. A cantoria parou. Tudo o que Harry ouvia era seu coração martelando no peito, o sangue sendo bombeando em seus ouvidos. Ele suspirou aliviado.

— Está tudo bem, Edward. Eles foram embora. Estamos seguros. Agora, me dê sua mão...

Harry estendeu o braço, tocou o ombro do garoto, tentou girá-lo.

Mas não era um garoto.

O cadáver, encharcado, inchado e decomposto, olhou para Harry com seu único olho restante.

— *Socorro, capitão, socorro...*

O cesto de fogo

Harry gritou e se afastou da aparição com um pulo, caindo de costas. Ele não conseguia respirar; seu peito parecia ter sido comprimido por uma tira de aço.

O cadáver havia desaparecido. Em seu lugar estavam apenas um amontoado de lonas brancas e latas de tinta parcialmente cheias.

Ainda tremendo, Harry olhou ao redor. Estava sozinho.

Ele saiu do avião o mais rápido que pôde.

Edward ainda corria. Ele já não sabia mais para onde ou de que, tudo o que sabia era que devia continuar correndo.

A grade do perímetro o impediu de chegar muito longe. Ele havia colidido com ela a certa altura e virado na direção oposta. A rota o levara ao morro que ele agora subia correndo. Edward esperava que existisse uma saída no outro lado.

Um cesto de fogo se acendeu. Ele se viu exposto no alto do morro, contornado pelo céu noturno.

— Edward!

Harry corria em sua direção.

Não, pensou ele. *Tenho que fugir, tenho que continuar correndo...*

Edward continuou correndo, atravessou o cume do morro e desceu do outro lado. Ele se virou para ver se Harry estava se aproximando.

Então pisou em falso na grama molhada, escorregou e saiu rolando ladeira abaixo.

Edward não sabia onde estava. Ele não conseguia ver nada. Seus óculos haviam sumido, derrubados na queda.

Ele tateou a sua volta e semicerrou os olhos. Estava deitado em uma cama de madeira e sentia o cheiro de combustível. Ele se sentou, sentiu a palha nas pontas dos dedos.

O garoto conseguiu com dificuldade distinguir os contornos do morro acima dele, e rapidamente descobriu onde estava.

Ele havia caído em um cesto de fogo.

Edward se ajoelhou, tentando desesperadamente sair dali antes que se acendesse.

Harry o viu cair, pousar dentro do cesto.

— Edward...

Ele correu ainda mais rápido, ignorando o cansaço em seu corpo, obrigando-se a continuar. Ele tinha de alcançar Edward antes que...

Harry foi jogado para trás quando o cesto de fogo explodiu.

Isso é culpa sua...

Eve abriu os olhos. Imagens abstratas e borradas surgiram e começaram a se transformar em algo sólido, corpóreo e nitidamente definido. Sons abafados e distorcidos se tornaram compreensíveis e audíveis. Ela viu um rosto a encarando, com uma expressão preocupada.

— Harry?

Ela se sentou e olhou ao redor, sua cabeça latejando. Distinguiu o concreto e o metal corrugado do bunker iluminados por uma luz fraca e ouviu a incessante batucada da chuva. Tudo parecia cinza e desbotado. Ou talvez essa fosse apenas a forma como ela se sentia.

Eve viu as crianças e Jean reunidas. Todas pareciam aterrorizados. Da forma como a mulher mais velha se agarrava a elas, era difícil saber quem confortava quem.

Eve passou a mão na cabeça. Ela doía.

— Quanto tempo eu fiquei...?

— Umas duas horas — respondeu Harry.

Eve olhou ao redor mais uma vez, preocupada, ignorando a dor na cabeça desta vez.

— Onde está Edward?

Harry segurava algo. Ele abriu os dedos e deixou Eve observar o que estava ali. Na palma de sua mão, chamuscados e contorcidos, com as lentes estilhaçadas, estavam os óculos de Edward.

Eve balançou a cabeça, o que fez aumentar a dor, mas ela não se importava.

— Não... Não, não, não...

— Ele correu. Eu fui atrás dele. Ele... caiu em um cesto de fogo, eu... — A voz de Harry estava trêmula. — Não consegui alcançá-lo antes que... Eu tentei... Sinto muito, sinto muito, muito mesmo...

Eve não sabia o que dizer, o que fazer. Raiva e tristeza se acumulavam dentro dela e brigavam pela primazia. Seu rosto se contorceu e seus dedos se fecharam em punhos cerrados. Ela precisava de uma válvula de escape. E se virou para Jean.

— Você saiu do círculo — declarou ela.

Jean apenas olhou para Eve, boquiaberta.

— Eu...

Eve apontou um dedo para ela.

— Isso é culpa sua...

Jean abaixou a cabeça e começou a chorar.

— Sinto muito...

— Eve. — Harry segurou os ombros de Eve. — Pare com isso. Sim, tenho certeza de que você quer achar alguém para colocar a culpa. Se for o caso, culpe Jennet. Isso tudo não é culpa de ninguém além dela.

Os ombros de Eve caíram e a força sumiu de seu corpo. Os únicos sons no ambiente eram a chuva e os soluços de Jean.

Eve franziu a testa quando um pensamento repentino passou por sua cabeça.

— Isso não faz sentido.

Ela se soltou das mãos de Harry, caminhou até os poucos pertences de Edward e começou a investigá-los.

— O que você está fazendo, Eve? — perguntou Harry.

Ela revirava a bolsa de Edward.

— O desenho dele... Ele não teria... Aqui está.

Eve o pegou e olhou para o papel. Ele havia mudado. O menino e a mulher estavam agora parados diante de uma casa. As roupas da mulher iam até o chão e estavam todas pintadas com lápis preto. Um véu cobria seu rosto. O menino segurava algo. O boneco do Mr. Punch. Eve sorriu para Harry, com uma expressão selvagem e triunfante nos olhos.

— Edward ainda está vivo — declarou ela.

— Eve — falou Harry, de forma bondosa —, você está em choque.

— Não — retrucou ela, sua voz calma e baixa. — Não, não estou. Você viu o corpo?

— Ele estava lá. Eu o vi cair, eu...

— Você viu o corpo?

Harry fez um gesto desamparado.

— Não havia mais nada para ver...

Eles pararam de falar quando ouviram o som de um veículo que se aproximava. Ele encostou do lado de fora do bunker.

— Ela o levou para a casa — falou Eve.

Ela ergueu o desenho de Edward e estava pronta para explicar melhor, quando a escotilha foi aberta e Jim Rhodes entrou.

— Capitão Burstow — disse ele, assim que acabou de descer a escada —, por que você trouxe todas essas crianças para cá?

Eve não tinha tempo ou energia para desperdiçar discutindo com Jim Rhodes. Seu único pensamento era voltar até a casa e salvar Edward.

— Elas não podiam mais ficar na casa — respondeu Harry. — Não era seguro.

— Seguro? O que você quer dizer? — Ele se virou para encarar Eve. — Isso foi ideia sua, Srta. Parkins? Alguma besteira sua?

Mas foi Jean quem respondeu sua pergunta. Ela se levantou e caminhou em sua direção. Lágrimas escorriam por seu rosto, seu cabelo estava desgrenhado e sua roupa, amarrotada. Não havia quase nenhum traço da mulher meticulosa de antes, que tinha crença absoluta em sua própria autoridade. Em vez disso havia mágoa, perda e raiva.

— Três crianças, Dr. Rhodes. Três crianças. Veja. Veja o senhor mesmo. Elas se foram. Mortas. Mortas, por causa daquela casa, do que está... do que está naquela casa...

Jim Rhodes apenas olhou para ela.

— Eu avisei — continuou Jean. — Eu avisei que aquele lugar não era seguro, mas o senhor me escutou? Ah, não. O senhor nos deixou lá. E agora isso. Isso... — As lágrimas pingavam de suas bochechas agora. — Por quê? Por que o senhor faria isso? Por que...?

Ela começou a soluçar mais uma vez, suas mãos cobrindo o rosto.

— Jean... — Harry passou a mão de forma protetora em volta de seus ombros.

Jim Rhodes apenas olhou para ela.

— Eu fiz... Eu fiz o que achei que...

Ninguém notou Eve subir a escada e sair do bunker.

De volta à velha casa

Eve saiu da escotilha e correu pelo asfalto na direção do jipe. Ela ouviu Harry gritar seu nome. Não havia tempo para esperá-lo, só conseguia pensar em uma coisa.

Voltar a casa e salvar Edward.

Ela saiu com o carro da base aérea, a imagem do vulto abandonado de Harry diminuindo no retrovisor lateral, e sentiu uma pontada de emoção. Eve não gostava de se separar dele, ou de ficar sem ele. Havia passado a gostar de Harry. Ela esperava que, quando isso tudo acabasse, pudessem continuar juntos.

Quando isso tudo acabasse.

Se isso um dia acabasse.

Ela dirigia no vento e na chuva, os limpadores incapazes de dar conta de tudo o que a tempestade lançava no para-brisa, e tentava se acalmar, pensar de forma lógica, racional. Ela tinha de ser forte quando chegasse de volta a casa. Corajosa. Não havia espaço para emoções, para confusão em sua mente. Edward estava lá, Eve tinha certeza disso. E Jennet não podia levá-lo.

*

Ela saiu da terra firme e cruzou a passagem das Nove Vidas, a bruma vinda do mar, envolvendo o jipe enquanto ele avançava. Ondas batiam nas laterais da estrada, quebravam sobre a passagem. A maré subia. Eve sentiu que o mundo todo estava se afogando. Que tudo conspirava contra ela, tentando impedi-la de chegar à ilha do Brejo da Enguia.

Mas ainda assim Eve continuou a dirigir.

A Casa do Brejo da Enguia parecia ainda mais desoladora e arruinada que quando Eve a vira pela primeira vez. As trepadeiras e as ervas daninhas retornaram; invadindo os jardins mais uma vez no pequeno espaço de tempo que ela havia ficado afastada, como se nunca tivessem sido podadas. A casa e o terreno voltavam a ser como Jennet queria, pensou ela.

Eve estacionou o jipe antes dos portões, saiu do carro e os empurrou. Eram pesados, enferrujados e velhos. Fechados desde a última vez que ela tinha passado por ali. Eles ofereceram resistência, abrindo apenas com um rangido de metal corroído sobre mais metal e apenas depois de Eve fazer muita força, parecendo relutantes em deixá-la entrar.

Após os portões, a casa, agredida pelo vento e pela chuva que tanto a castigavam, parecia lutar para se manter de pé, para não ser engolida pelo solo ou levada pela água que a cercava.

Não havia luzes nas janelas. Ela parecia vazia.

Mas Eve sabia que não podia confiar nas aparências.

Respirou fundo uma vez, então outra, tentando acalmar o coração que batia agitado, Eve caminhou na direção da porta.

A casa doente

Eve empurrou a velha porta enorme. A casa estava escura a não ser por feixes estreitos de luar penetrando pelos cantos das cortinas pesadas. Ela ficou imóvel e escutou. O único som que ouvia era a água da chuva pingando das goteiras pela casa. Nada mais. Ninguém mais.

— Edward?

Nenhuma resposta. Ela tentou o interruptor de luz, temendo que a água pudesse causar um curto-circuito. As lâmpadas se acenderam lentamente e de forma relutante. Ou, melhor, acenderam-se parcialmente; elas soltavam faíscas e zumbiam, iluminando de maneira instável, nunca se tornando totalmente brilhantes.

As luzes relutantes iluminavam parcamente o hall de entrada. Eve se assustou com o que viu. A escuridão havia se espalhado. A casa inteira estava úmida e decrépita, mofo e podridão ocupando a construção como uma doença degenerativa, cancerosa.

Eve não conseguia vê-la, mas era capaz de senti-la. Jennet. Por todo lado. A podridão, a degeneração, era apenas a manifestação externa, uma demonstração de que seu controle sobre a casa agora era praticamente total.

Eve entrou no dormitório das crianças. As camas estavam como elas as deixaram, desarrumadas. A não ser uma: a de Joyce. Seu corpinho estava deitado ali, coberto por um lençol, sua máscara de gás no chão onde Harry a havia arremessado. Eles não decidiram o que fazer com o corpo, então o deixaram para lidar com ele no dia seguinte. Eve olhou para aquilo e sentiu a tristeza e o desamparo tomarem conta dela.

Não. Ela não se entregaria. O corpo de Joyce era uma lembrança do que tinha acontecido. Era também uma advertência para não deixar aquilo continuar. Jennet não podia vencer. Eve não a deixaria vencer.

Ela não conseguia mais olhar a menininha morta e se virou, saindo do quarto.

De volta ao hall de entrada, Eve gritou novamente:

— Edward?

Silêncio, a não ser pela chuva.

A dúvida cresceu dentro dela. Talvez estivesse errada. Talvez Edward tivesse morrido na base aérea e isso fosse apenas um...

Cric... crac...

Seu estômago se revirou; seu coração disparou. O som veio novamente.

Cric... crac... Cric... crac...

O mesmo barulho ritmado que ela tinha ouvido em sua primeira noite na casa. Aquele que a havia tirado da cama e a levado ao porão. Aquele que havia começado tudo isto.

Cric... crac... Cric... crac...

Ele não vinha do porão desta vez. Eve escutou novamente, com mais atenção. Vinha do andar de cima.

Eve sentiu seu coração palpitar. Ela olhou ao redor e escutou mais uma vez.

Cric... crac... Cric... crac...

Definitivamente vinha de cima. E, pensou Eve aterrorizada, também conseguiria adivinhar de que quarto. Esperou alguns segundos e se recompôs. Então começou a subir a escada.

Descia água pelas paredes, formando poças na escada. A madeira estava em um estado lastimável, podre e encharcada. Quando era pisada, a água esguichava dos dois lados. Eve sentiu as tábuas se contorcerem e empenarem debaixo de seus pés quando apoiava o peso sobre elas. As tábuas pareciam guinchar de dor ao toque de Eve. Ela continuou subindo, usando o isqueiro de Harry para iluminar o caminho.

Cric... crac... Cric... crac...

Ela chegou ao topo e começou a percorrer o corredor. As luzes estavam ainda mais fracas ali, projetando apenas um fantasma de iluminação nas paredes, fazendo as sombras dançarem com os horrores imaginados. Os riachos mal-iluminados da água de chuva eram como veias e artérias descendo pelas paredes apodrecidas.

Cric... crac... Cric... crac...

O som chegava a seu volume máximo atrás da porta do quarto de criança. Eve esticou o isqueiro a sua frente, andando na direção do barulho, temendo que algo surgisse das sombras antes que ela o alcançasse.

Eve parou diante da porta. Estava fechada, porém o barulho definitivamente vinha do interior do cômodo.

Cric... crac... Cric... crac...

Ela estendeu a mão até a maçaneta e a girou. A porta se abriu.

Eve parou debaixo do portal, sem ousar entrar, sem ousar olhar para o que estava no interior, mas não podia fugir. Ela havia chegado longe demais, havia perdido coisas demais. Aquilo tinha de acabar. Agora.

Ela fechou os olhos.

Cric... crac... Cric... crac...

Eve tentou ignorar a voz em sua cabeça que gritava para ela fugir, para dar meia-volta, o tremor em seus braços e pernas, as batidas fortes de seu coração.

Ela respirou fundo. E mais uma vez.

Então entrou no quarto.

O quarto de criança recuperado

O quarto de criança estava transformado.
 O carpete era espesso e felpudo; as cortinas, pesadas e bordadas. Um grande guarda-roupa de madeira decorada dominava um canto do quarto. Lamparinas a óleo nas paredes revestidas com papel distribuíam um brilho caloroso e reconfortante. Encostada a uma das paredes havia uma cama pequena e brinquedos estavam espalhados pelo chão. Macacos que tocavam címbalos, soldados de uniformes vermelhos, um teatro de fantoches com o telhado giratório, pintado de vermelho e branco, de Mr. Punch e Judy.
 Não havia umidade ali, nada em decomposição.
 Edward estava sentado no meio do quarto, brincando atentamente. Estava de costas para Eve e não se virou quando ela entrou. A professora notou que ele vestia roupas diferentes, como o menino da fotografia. Eve notou qual era o foco de sua atenção. Mr. Punch. Não mais tão deteriorado ou decrépito como o resto da casa, o boneco parecia novo em folha, seu sorriso pintado perversamente triunfante.
 Cric... crac... Cric... crac...

A cadeira de balanço estava perto dele, movendo-se para a frente e para trás. Era a mesma que Eve tinha visto no porão, aquela que suspeitou ter causado o barulho na primeira noite que passou na casa. Como o quarto, ela também havia sido restaurada. Não havia ninguém sentado nela, mas a cadeira não parou de balançar.

Eve colocou o isqueiro de Harry no bolso e lentamente se aproximou de Edward.

— Edward...

O menino não se moveu. Não se virou, não ergueu os olhos. Não deu nenhum indício de que a havia ouvido, ficou apenas sentado ali, brincando com aquele fantoche de madeira com o sorriso malicioso.

— Edward... — repetiu ela, mais alto.

Eve esticou a mão e tocou o ombro do menino.

Edward se virou rapidamente, com uma expressão furiosa nos olhos. Ele a golpeou com o Mr. Punch, atingindo Eve no rosto.

Eve cambaleou para trás, com a mão na bochecha, sentindo o sangue escorrer. Edward tinha voltado a seu brinquedo, virado de costas mais uma vez. Sentado calmamente como se nada tivesse acontecido.

Cric... crac... Cric... crac...

Eve pensou em dar meia-volta e sair do quarto, da casa. Mas ela se obrigou a ficar. Não. Ela não deixaria Jennet vencer.

— Edward.

Ela voltou a se aproximar dele. Para impedir que Edward a atacasse mais uma vez, Eve prendeu os braços do menino junto a seu corpo. Ele lutou, tentando se soltar, contorcendo-se para se livrar da professora, mas ela não o soltou. Edward ainda segurava o Mr. Punch. E Eve segurava Edward.

— Edward... precisamos ir embora...

Ela se moveu na direção da porta, o menino, que esperneava, preso firmemente em seus braços.

Quando Eve chegou à porta, a cadeira de balanço parou de se mover.

Um calafrio percorreu seu corpo. Adrenalina foi bombeada intensamente em suas veias. Agarrando o menino desesperado o mais forte que conseguiu, conseguiu passar pela porta pouco antes de ela bater.

Quando saiu do quarto, Eve não olhou para trás. Não ousou ver quem ou o que a seguia. Ela correu para a escada, Edward esperneando em seus braços, tentando desesperadamente se livrar de seu domínio e voltar ao quarto. Sua expressão estava selvagem, lábios abertos mostrando os dentes. Enquanto ela corria, Edward arranhava seu rosto, dedos rígidos e curvados como garras, rasgando a pele de Eve e tirando sangue. Sua face ardia de dor, mas ela se recusou a desacelerar ou soltar o menino. Ele começou a bater nela com o boneco do Mr. Punch. Eve tentou ignorar aquilo, concentrando-se em tirar o menino da casa.

O mofo preto se espalhou a partir da porta do quarto de criança, as paredes rachando com seu toque, perseguindo os dois pelo corredor, tentando apanhá-los.

A escuridão rastejante alcançou Eve. Ela olhou de relance para o lado e a viu. Então se forçou a correr mais depressa.

Eve chegou à escada e a desceu correndo o mais rápido que pôde, desesperada para não perder o equilíbrio ou soltar Edward.

Um guincho agudo reverberou nas paredes, como uma tempestade de fúria. Eve o ignorou e continuou correndo.

O mofo se espalhava rápido agora, afundando nas paredes no caminho, esfarelando-as, fazendo-as ruir. Parte da parede ao lado de Eve tombou, cobrindo-a de gesso. Ela agarrou o corrimão para se equilibrar, engasgando, tirando poeira úmida da boca e dos olhos. Enquanto fazia isso, quase soltou Edward, mas conseguiu transferir o peso dele para continuar seguindo adiante.

A porta estava bem diante dela. Eve se animou ao pensar naquilo. Tudo o que precisava fazer era chegar ao pé da escada, atravessar o hall de entrada e sair. Uma questão de segundos. Só isso.

Eve não notou a podridão negra passar por ela e deslizar sobre os degraus restantes, tomando a madeira que já estava apodrecida. Mas notou quando os mesmos degraus cederam.

Ela entendeu o que aconteceu, mas corria rápido demais. Não conseguiria parar. Eve tropeçou e caiu no chão. Neste momento, suas mãos soltaram Edward, e o menino conseguiu escapar.

— Não...

Ele saiu em disparada para longe da professora, na direção das sombras. Eve se levantou novamente, determinada a não deixá-lo escapar. Ela o viu correr para o canto do hall de entrada, a escuridão profunda pronta para envolvê-lo, pronta para engolir o menino. Ela se jogou sobre Edward, braços esticados, uma última e desesperada cartada. Se ele fugisse de suas mãos, ela o perderia para sempre.

Suas mãos o tocaram. Ele parou de se mover. O impulso de Eve a conduziu. Eve caiu por cima do menino. Ela o havia agarrado.

Então o chão cedeu e os dois caíram na escuridão.

Demônios da mente

Harry abaixou a cabeça, concentrado no volante, na estrada a sua frente e na chuva além. Em nada mais.

Ele tentou ignorar a maré subindo e fazendo as ondas baterem contra as rodas do ônibus enquanto seguia pela passagem. E bloqueou os ouvidos para os gritos dos afogados que ele tinha certeza de que ouvia sendo carregados pelo vento.

Quando Eve saiu em seu jipe, ele não pensou duas vezes. O ônibus de Jim Rhodes estava vazio e Harry pulou para dentro e partiu imediatamente. Ele sabia aonde Eve estava indo. Apenas esperava chegar a tempo de ajudá-la.

As ondas batiam mais forte contra o ônibus, crescendo em tamanho e ferocidade. Os gritos dos homens que se afogavam se tornaram mais intensos.

— Não... Não...

Ele tentou seu truque habitual, bater no volante três vezes. Aquilo não mudou nada. Com suor pingando de sua testa e as mãos tremendo, Harry continuou dirigindo. Determinado a não desistir, não decepcionar Eve.

E então ouviu a voz.

— *Socorro, capitão... Socorro...*

— Não, não, não, não...

Harry dirigiu ainda mais rápido.

— *Socorro...*

Harry percebeu que não estava sozinho. Ele arriscou uma espiadela. Lá estava o tripulante afogado que havia visto no avião falso. Seu uniforme encharcado e apodrecido, seu rosto carcomido, um olho faltando, esticando a mão em sua direção.

— *Socorro...*

Harry, com o coração disparando, manteve os olhos na estrada adiante.

Ouviu um movimento atrás dele, no corredor do ônibus. Alguém mudando de assento, chegando para a frente. Então outro. Lentamente, arrastando-se. Rastejando; pesados, encharcados. Harry olhou pelo retrovisor interno e viu sombras, pessoas comuns, desafortunadas, movendo-se.

— *Socorro...*

— Vocês não são reais! — gritou Harry. — Todos vocês... Nenhum de vocês...

— *Você nos matou...*

— Não, não matei! Não matei... — retrucou Harry.

O ônibus deu uma guinada para a esquerda, perigosamente próximo da beira da água. Harry conseguiu trazê-lo de volta à estrada na hora exata.

— Não — retrucou ele —, eu não os matei. Fomos atingidos... Eu tentei salvá-los...

Silêncio no ônibus.

Harry continuou falando e manteve os olhos na estrada.

— Vocês não são reais. São fantasmas. Eu os carrego aonde quer que eu vá. Mas vocês não são reais. São apenas minha culpa. É só isso. Porque não consegui salvá-los. Eu tentei e... e não consegui.

Nada.

— E eu... sinto muito. Sempre vou sentir muito. Fiz o que pude. E fracassei. E sempre carregarei isso comigo. Sempre vou carregar vocês comigo.

Harry arriscou olhar novamente. Os fantasmas desapareceram. Ele estava sozinho.

Tinha sido a primeira vez que havia reconhecido como se sentia em relação aos acontecimentos e a sua incapacidade de salvar a tripulação. Em voz alta. Para si mesmo. Harry sentiu a calma dominá-lo. Uma força correu por seu corpo. Ele estava efetivamente sozinho. Pela primeira vez em muito tempo, Harry não tinha ninguém a seu lado.

Ele abaixou a cabeça, concentrado mais uma vez na estrada adiante e na chuva além.

Jennet triunfante

A água fedia, tinha gosto de estagnação e podridão, como peixes mortos rançosos e coisas do tipo. Aquilo enchia as narinas e a boca de Eve, fazendo-a tossir e sentir ânsia de vômito. Precisava se livrar daquela água o quanto antes. Pisou no chão.

Eve e Edward estavam no porão. As estantes de madeira haviam desabado e se quebrado quando o chão cedeu. Eles caíram sobre elas, as caixas derrubadas, o conteúdo delas boiando. A água estava alta, alta demais, pensou Eve. Muito mais alta do que antes, na altura da cintura. Canos sobre suas cabeças se romperam, borrifando seu líquido salobre. A água jorrava através dos tijolos vazados. As paredes estavam esfarelando, a resistência nas pedras diminuindo, enquanto a água do exterior penetrava, vindo mais depressa, ameaçando destruir as fundações da casa.

As lâmpadas titubeantes providenciavam uma iluminação fraca e intermitente.

Eve estava completamente dolorida, mas não tinha tempo para verificar se estava bem. Precisava encontrar

Edward. Ela o viu, parado no topo da escada, o fantoche agarrado junto ao peito.

Parada a seu lado estava Jennet Humfrye. A pose dos dois era exatamente a mesma do desenho de Edward, e da fotografia; as paredes enegreciam e ruíam em volta deles.

— Edward — gritou ela, mais alto que o barulho da água —, Edward... você está bem?

O menino não respondeu.

Ela tentou se mover na direção do garoto, mas descobriu que suas pernas estavam presas. Eve olhou para baixo. Fitas prateadas se moviam em volta de seus tornozelos, puxando-a para baixo, impedindo seu movimento. Beliscando e mordendo suas pernas. Correntes vivas e contorcidas.

Enguias.

Eve engoliu o ímpeto de gritar.

— Edward...

O menino apenas olhou para ela.

— Edward, você tem de me ajudar...

Edward continuou olhando. Eve percebeu sua expressão. Era como se ele estivesse em transe. Jennet inclinou a cabeça, e ele olhou para a mulher, sua cabeça virada para um lado, como se estivesse escutando, recebendo instruções. Então ele assentiu.

— Edward, não...

Edward começou a descer os degraus. Lentamente, ignorando a água que subia em um ritmo constante.

— Não — gritou Eve, tentando desesperadamente soltar as pernas. — Não... Você não pode ficar com ele... Não...

Edward apertava o Mr. Punch com força contra o peito enquanto descia até a água. Ele foi em direção ao centro do porão, fora do alcance de Eve. Então parou de se mover. Eve percebeu o que ele estava fazendo, o que Jennet desejava que ele fizesse. Queria que Edward se afogasse.

O nível da água continuava subindo. Ela ondulava e respingava, cobrindo a boca de Edward. Ele não fez nenhuma tentativa de se afastar ou nadar, apenas olhava diretamente para a frente.

— Acorde... Edward, por favor, acorde...

Eve lutou para se livrar das correntes de enguias, mas elas apenas apertavam ainda mais suas pernas. Ela abriu a boca o máximo que conseguiu e usou a voz mais alta que foi capaz de emitir.

— Ele não é seu... — gritou ela para o vulto no alto da escada.

Sua única resposta foi um estrondo e um crepitar ensurdecedores enquanto a casa toda começava a tremer, a podridão se espalhando por todo lado.

— Deixe-o em paz...

Eve olhou na direção de Edward mais uma vez. A água quase cobria seu nariz agora. Seus olhos ainda estavam abertos. Eve achou que tinha visto dúvida crescendo dentro dele, no fundo daqueles olhos. Não sabia se era apenas sua imaginação, a iluminação bruxuleante a fazendo ver coisas que não estavam ali, mas ela tinha de acreditar, tinha de se agarrar àquilo. Ele estava preso e lutava para sair.

— Edward — gritou —, você tem de lutar contra ela, você tem de lutar... Não se entregue a ela...

A água cobriu o nariz de Edward. Ele parou de tentar respirar.

— Edward... — Eve pensava de forma frenética. — Você... Você combate sonhos ruins com pensamentos bons... lembra? — Nenhuma resposta. Edward fechou os olhos. A voz de Eve ficou ainda mais alta. — Edward, você combate sonhos ruins com bons pensamentos. Sua mãe lhe dizia isso. Você se lembra? Sua mãe...

Edward abriu os olhos e fitou o topo da escada. Jennet havia desaparecido. Em seu lugar estava sua mãe, gloriosa em seu bom e velho casaco preto, parada exatamente como ele a havia visto pela última vez, junto à porta de sua casa, chamando seu nome, estendendo os braços em sua direção, uma imagem cintilante e impossível.

A parede ruía a sua volta, exatamente como havia acontecido na explosão. E ela desapareceu.

Em seu lugar surgiu Jennet.

Edward fechou os olhos mais uma vez e deixou a água cobrir sua cabeça.

— Não... Não...

A voz de Eve era algo contido, derrotado. Não tinha mais forças dentro dela para lutar. Havia fracassado.

Edward tinha desaparecido. Jennet havia triunfado.

O coro fantasma

Eve olhou para o ponto onde a cabeça de Edward tinha desaparecido. Não havia nada que evidenciasse sua morte, nem mesmo bolhas subindo. Ela apenas precisava aceitar que ele havia se afogado. A professora sentia aquela dor como uma faca no coração.

Então, enquanto observava, a água começou a se agitar e a borbulhar, e Edward apareceu mais uma vez. O menino jogou a cabeça para trás, lutando para respirar. Seus braços se levantaram e ele arremessou o boneco do Mr. Punch com toda a sua força contra os degraus.

Um grito aterrorizante ecoou pelo porão.

Uma empolgação esperançosa correu pelo corpo de Eve.

— Você perdeu — gritou ela para as paredes. — Ele a rejeitou...

Enormes rachaduras abriram as paredes, como relâmpagos subindo ao teto. A ira de Jennet estava derrubando a casa.

As enguias afrouxaram o domínio sobre as pernas de Eve e ela conseguiu se desvencilhar delas. A água chegava a seu pescoço agora e ela tinha dificuldades para se mover, ora nadando, ora caminhando, na direção onde Edward lutava para manter a cabeça fora d'água. O menino esticou as mãos, seu rosto mostrando alívio e felicidade por vê-la. Eve sentiu alívio.

Ela o alcançou.

— Você está em segurança agora... Peguei você...

Enquanto ela falava, mãos surgiram debaixo d'água. Pequenas, cinzentas, macilentas. Mãos de criança, tentando agarrar algo. Elas seguraram Edward e começaram a puxá-lo para baixo.

— Não...

Eve tentou puxar o menino de volta, levá-lo até os poucos degraus que ainda estavam acima do nível da água, mas outras mãos apareceram, puxando-o e o apertando. Elas estavam sobre Eve também, agarrando suas roupas, suas pernas, puxando-a para baixo com ele.

— Deixe-nos ir...

Eram muitas para lutar. As mãos puxaram os dois para debaixo d'água.

Ao afundar, Eve abriu os olhos.

Através da água turva, viu que o teto do porão havia cedido, que as paredes continuavam o processo. O exterior estava entrando ali. Por todo lado em volta dela e de Edward havia pequenos vultos que se contorciam. As vítimas de Jennet. O coro fantasma. Ainda marcados pelas formas como morreram, suas queimaduras, suas mutilações e seus envenenamentos. Não mais humanos, apenas espectros arruinados. Olhos de peixe morto e pele escamosa de peixe, mandíbulas se distendendo, mostrando bocas repletas de dentes afiados e pontudos, mãos em forma de garra cortantes como barbatanas.

Agarrando Eve e Edward, puxando os dois para as profundezas repentinas.

Eve, ficando rapidamente sem ar, lutou contra elas o máximo que foi capaz, afastando os dedos de seu corpo, fugindo daquele enlace nauseante. Edward fazia o mesmo, freneticamente se debatendo para se soltar.

Eve olhou para cima e viu Jennet parada sobre a água, de volta à escada do porão, malignamente exultante. Eve redobrou seus esforços para escapar, porém as mãos eram muitas e muito fortes. Afundando-se em suas roupas, sua pele. Puxando seu corpo para baixo de forma implacável.

Edward parou de se esforçar e se agarrou com força a Eve. Ela, percebendo a futilidade de continuar lutando, aceitou o que estava prestes a acontecer e o abraçou forte. Eve sentia o corpinho do menino tremendo.

Eles ficariam juntos durante seus últimos segundos de vida e então se separariam.

Eve fechou os olhos.

A queda

Harry estacionou o ônibus, o vento e a chuva o encharcando quase instantaneamente, e entrou correndo na casa. Ela ruía, desmoronando a sua volta. Harry olhou ao redor ao hall de entrada e viu o buraco no chão, com a água subindo até quase chegar nele. A casa apodrecia de dentro para fora.

— Eve...

Nenhuma resposta. Ele olhou novamente para o buraco no chão. A água estava quase chegando ao teto do porão. Então Harry ouviu gritos vindo lá de baixo. Uma voz feminina. Eve.

Ele tirou seu sobretudo, pronto para mergulhar imediatamente. Mas algo o impediu. O buraco era pequeno; havia muitos fatores desconhecidos. Em vez disso, Harry correu até a cozinha e abriu a porta para o porão.

Jennet estava lá.

Ela virou seus olhos ameaçadores e malevolentes para Harry. E se moveu em sua direção.

— Não faça isso.

Ela parou.

— Eu não tenho medo de você — falou Harry, calmo e confiante como não se sentia havia muito tempo. — Você não tem mais nenhum poder sobre mim.

Jennet o encarou.

— Você poderia ter feito mais por Nathaniel. Não é apenas a fúria pelo que foi feito a você. É sua culpa por não ter feito o suficiente por ele.

Algo brilhou no fundo dos olhos pretos como obsidiana de Jennet.

— Agora saia da frente.

Harry a empurrou com o dedo. Ela se encolheu e se afastou.

Os degraus estavam quase submersos pela água que subia. Ele viu um contorno fraco de dois vultos sendo carregados, indo para o fundo, e mergulhou na direção deles.

Eve olhou para cima e o viu. Sua presença renovou sua energia e ela começou a empurrar as garras com vigor redobrado.

Harry nadou na direção dos dois, segurando Edward. O menino resistiu a princípio, acreditando ser outro dos ataques de Jennet, no entanto, com o encorajamento de Eve, permitiu que Harry o levasse.

Quando Harry segurou Edward, o coro fantasma afrouxou seu domínio, fugindo dele com medo. Harry segurou a mão de Eve e a puxou. O coração da professora estava acelerado, adrenalina e esperança jorrando por dentro enquanto os três se moviam em direção à superfície.

Então uma misteriosa mão se esticou e segurou o colar de Eve, puxando todo o seu corpo de volta mais uma vez, arrastando a moça para baixo.

Ela soltou Harry e levou a mão à garganta, lutando contra a mão que a prendia, tentando não sufocar. Neste momento, outras mãos surgiram, puxando-a para baixo.

O colar se rompeu. O pingente de querubim afundou lentamente, indo para longe dela.

Eve fez menção de mergulhar atrás dele, porém Harry a segurou e a puxou de volta para a superfície.

Deixe que ele se vá, pensou ela. *Continue em frente.*

Eles chegaram à superfície ao mesmo tempo, ofegantes.

— Vamos — gritou Harry, nadando na direção da escada.

Com um gemido, o teto sobre a escada desmoronou, bloqueando a rota de fuga.

— Jennet... — falou Eve, encolhendo-se para evitar as pedras que caíam. Ela olhou ao redor. — Por aqui...

Eve começou a nadar na direção da outra ponta do porão, até o buraco por onde ela e Edward caíram. Harry a seguiu, com Edward em suas costas. A água havia quase atingido o teto do porão quando Harry levantou Edward e o ajudou a passar pela abertura sobre eles. Assim que o menino saiu, ele se virou para Eve.

— Sua vez — avisou Harry, ajudando-a a subir.

Eve ergueu seu corpo até o chão do hall de entrada, livre da água, ainda respirando com dificuldade. A seu redor, a casa tremia e balançava. Escombros de madeira e pedra estavam espalhados pelo local, e ela teve de saltar para não ser atingida quando outra viga do teto caiu a seu lado.

— Rápido — falou ela, estendendo a mão para ajudar Harry a sair da água.

Ele segurou sua mão, começou a tirar o corpo da água. Seus olhos se encontraram com os dela. Harry sorriu. Eve retribuiu o sorriso.

Então ele percebeu outra coisa atrás dela e sua expressão mudou.

Jennet estava parada no canto do hall de entrada, observando-os fixamente. Ela olhou para o teto e gritou com fúria.

Harry percebeu o que estava prestes a acontecer, o que ela estava fazendo. Ele se levantou e, instintivamente, aproximou-se de Edward e Eve e os empurrou na direção da porta da frente.

Eve, sem equilíbrio, caiu no chão. Ela olhou para cima. E viu o teto acima de Harry desmoronar sobre ele.

— Harry!

Ela observou seu corpo esmorecer e se dobrar quando o peso da madeira e da pedra o derrubou, inconsciente, quebrando seus ossos, esmagando-o. As tábuas do assoalho debaixo de Harry lascaram com a força e o corpo dele, agora sem vida, foi levado para a água que subia, ondeava e respingava por todo o hall de entrada.

Jennet continuava gritando. As paredes tremiam e ruíam; o resto do teto estava prestes a ceder. Uma última tentativa de Jennet para levar Edward.

Eve empurrou o menino pela porta e o seguiu até o lado de fora.

Os gritos se intensificaram. O vidro das janelas se estilhaçou, a ira de Jennet refletida em cada caco.

Eve e Edward correram para longe da casa, tropeçando, sem ousar parar ou olhar para trás. Eles derraparam e rolaram pela estradinha que levava à casa, parando do lado de fora dos portões, diante da passagem. Eve se virou e olhou mais uma vez para a casa.

Tudo o que restava era uma estrutura negra e apodrecida cercada de escombros. Paredes irregulares, vigas tortas e, saindo do centro, uma poça profunda de água preta transbordava como um vazamento de óleo.

Os gritos ecoaram até desaparecer.

Silêncio.

— Harry...

Eve sabia que o havia perdido, mas não conseguia admitir aquilo. Lágrimas correram por seu rosto. Ela gritou e soluçou seu nome.

— Harry...

Eve ficou sentada, imóvel, olhando fixamente para a carcaça da casa.

Então uma mãozinha lentamente segurou a sua. Apertou-a. Ela olhou para baixo. Edward.

— Sinto muito...

As primeiras palavras que ele havia falado.

Eve colocou os braços em volta do menino. Ela o abraçou o mais forte que conseguiu. As lágrimas do menino se juntaram às suas.

A chuva parou. O dia começou a nascer.

Um sol frio e distante atravessou a bruma e brilhou sobre eles.

Muitos anos de vida

A *Blitz* havia terminado e Londres, ou a maior parte dela, ainda estava de pé.

As estradas estavam cobertas de escombros. Quase todas as ruas se encontravam irreconhecíveis por causa das ruínas dos prédios, como os restos de uma civilização antiga esperando que uma mais nova e moderna surgisse em seu lugar. O passado estava acabado. O futuro ainda seria escrito.

A mortalha pesada de medo tinha sido tirada de cima da cidade. Agora os londrinos seguiam com suas rotinas sem o medo da morte iminente. O terror prosaico de dormir e temer não acordar havia acabado. O pânico da invasão nazista fora reduzido. Por enquanto. A guerra ainda se desenrolava, mas era, em grande parte, algo distante. As pessoas se reuniam, ajudavam-se. Pela primeira vez em muito tempo, elas ousavam ter esperanças.

Na saleta de sua pequena e organizada casa geminada em Hackney, Eve Parkins dava os retoques finais a um presente de aniversário que ela estava embrulhando. O sol de verão penetrava pelas janelas, tornando aquele o tipo de dia que qualquer um ficaria grato por viver. Era assim que Eve tentava se sentir. E, na maior parte do tempo, conseguia.

Ela carregou o pacote com seu embrulho colorido até a sala de estar. Edward estava parado lá usando suas melhores roupas, olhando-se no espelho, tentando ajeitar sua gravata.

— Pronto? — perguntou ela ao menino.

Edward se virou para ela.

— Sim.

Eve ajeitou seu colarinho e colocou sua gravata no lugar.

— Muito elegante.

Edward sorriu para ela, e Eve sentiu seu coração se partir.

Sete meses. Era o tempo que havia passado desde os acontecimentos na Casa do Brejo da Enguia. Sete meses de dor, raiva e tristeza, de culpa e perda, recriminação e reconstrução. E finalmente, felizmente, o alívio que eles sentiram apenas por estarem vivos. Eve e Edward começaram uma nova vida juntos. Eles saíram da casa. Ela apenas esperava que a casa pudesse sair deles.

— Aqui — disse ela, entregando-lhe o presente. — Feliz aniversário.

Edward sorriu. Com alegria, com naturalidade. Eve sentiu um tipo de amor doloroso por ele naquele momento. O menino começou a abrir o embrulho de seu presente, com a ajuda de Eve. Ele puxou o papel para revelar um novo conjunto de lápis de cor e um grande caderno de desenho.

— Para você poder fazer novos desenhos. Desenhos coloridos.

Edward olhou para o caderno. Eve notou seu sorriso se apagar e sua expressão se alterar. Como nuvens escondendo o sol em um dia de verão. Ele voltava a ser o garoto mudo. O coração de Eve parou.

— Edward? O que houve?

Ele continuou olhando fixamente para os lápis. Depois de um tempo, ele ergueu os olhos.

— Ela vai voltar?

Aquilo nunca os havia deixado. Independentemente de terem se mudado para tão longe, ou de como eles tentaram preencher suas vidas em comum com outras coisas, aquilo estava sempre ali. *Ela* estava sempre ali. Quando os dois saíam de casa, para ir a algum lugar, a um parque ou a uma rua, e um deles via de relance alguém que se parecia com ela, Eve e Edward eram jogados de volta àquela noite na casa mais uma vez. Então o momento passava e a vida lentamente recomeçava. Esses pequenos interlúdios se tornavam cada vez menos frequentes à medida que o tempo passava e Eve esperava que em algum momento eles desaparecessem por completo. A dor aguda se transformaria em uma coceira inofensiva. Isso aconteceria, estava acontecendo. Mas ainda faltava.

— Vai? — perguntou Edward, com olhos amedrontados.

— Não — respondeu Eve. — Ela foi embora.

Edward continuou a olhar para Eve, procurando uma garantia. Ela disse as palavras que repetiu tantas vezes para ele, as palavras que precisava escutar, em que precisava acreditar. As palavras em que ela também queria acreditar.

— Ela se alimentava dos sentimentos ruins dentro da gente. Então, se ficarmos felizes, ela não pode voltar. Você entende? Você tem de me prometer que será feliz, certo?

— Sim...

Edward não parecia ter tanta certeza.

— Edward?

— Sim.

Mais firme desta vez.

— Bom. Agora, onde está meu sorriso?

Edward sorriu. E o aposento iluminado pelo sol pareceu muito mais claro.

— Muito bem — elogiou ela.

— Sua vez — falou Edward, ainda sorrindo.

Eve apontou para os cantos de sua boca e lentamente abriu um sorriso para ele. Não era como seu sorriso anterior, parte da armadura com que lutava suas batalhas diárias; era algo diferente, algo novo. Um sorriso nascido da felicidade, do alívio e do amor por Edward. O garoto sabia daquilo, e isso o fazia amá-la ainda mais.

Mas seu sorriso titubeou quando ela olhou para a foto emoldurada na parede. A imagem fazia aquilo, pegava-a desprevenida. Mesmo os dias mais ensolarados podiam projetar as sombras mais escuras.

Lágrimas inesperadas se formaram nos cantos de seus olhos enquanto ela se perdia na fotografia e em suas lembranças. Harry e sua tripulação. Todos olhando para a câmera, todos sorrindo. Sorrindo para sempre. Ela havia resgatado a foto na base aérea falsa, levado para casa e a emoldurado. Era tudo o que ela tinha de Harry. O homem mais corajoso que ela já havia conhecido.

Eve secou os olhos. E se lembrou do que ele tinha dito sobre viver o presente, sobre estar pronto para ajudar as pessoas que precisam de você no momento.

— Vamos lá. Hora de sair.

Ela segurou a mão de Edward e eles saíram da casa, descendo a rua.

A sala foi deixada vazia.

Quase vazia.

Um vulto saiu da sombra para a luz do sol e olhou para a fotografia emoldurada. Para os rostos sorridentes.

Outros vultos saíram também. Vultos pequenos e macilentos, seus corpos mostrando a forma como foram mortos, seus olhos vazios. Suas bocas se abriram e eles começaram sua cantoria sussurrada, abafada, mais uma vez.

— *Jennet Humfrye perdeu seu bebê... No domingo morto, na segunda achado o corpo... Quem será o próximo a morrer? Deve ser VOCÊ...*

O coro fantasma se dispersou. O vulto alto e escuro observou fixamente a fotografia até o vidro rachar. Seu rosto branco como osso foi refletido de volta em dezenas de cacos.

Ela lentamente voltou a se misturar às sombras.

E esperou.

FIM

Minha relação com a Hammer

Children of the Stones. Sky. King of the Castle. Ace of Wands. Timeslip. The Changes. Filmes de informação pública com uma narração de Donald Pleasence. E, claro, *Doctor Who*. Os anos 1970 foram uma ótima década para programas de TV infantis realmente assustadores. E, para uma criança dessa década que adorava ficar assustada, aquilo foi incrível.

Sim, eu era esse tipo de criança. Eu era um nerd antes de ser legal ser um nerd. Cresci lendo histórias em quadrinhos. Eu costumava ganhar prêmios por causa das miniaturas que construía, especialmente os monstros da Aurora que brilhavam no escuro. Eu tinha uma guilhotina em tamanho real em meu quarto. Eu li *O corcunda de Notre Dame* e *A guerra dos mundos* no ensino fundamental. Eu fiz tudo isso.

Mas eu nunca tinha visto um filme de terror. E isso, eu sabia, era algo que eu precisava consertar.

O exorcista era a grande novidade da época e todos os garotos de minha turma da escola alegaram ter assistido.

Eu nunca me preocupei em questionar como garotos de 9 e 10 anos conseguiram entrar em uma sessão proibida para menores, e eu, apesar de ser grande para minha idade, não ter conseguido, mas acreditei neles. E eu me sentia excluído. Tinha de fazer algo a respeito. E então, no *Radio Times* daquela noite de sexta-feira, estava a minha chance. *Drácula, o perfil do diabo*. Falei para minha mãe que ficaria acordado até tarde para assistir ao filme. Ela, surpreendentemente, eu achei, concordou. Então assisti. E ainda me lembro da experiência de forma vívida.

Os créditos surgiram. Uma música dissonante e agourenta. "Drácula" escrito em letras garrafais na tela. Minha versão de 10 anos tremeu. Então os créditos terminaram e... um garoto em uma bicicleta. Ele parece feliz. Ele está assoviando. O quê?, pensei. Isso é um filme da Hammer? Isso era assustador? Não. Eu aguento isso. O garoto da bicicleta vai à igreja local, joga sua bicicleta sobre os degraus de uma forma que eu sempre era repreendido por jogar e entra. Ele pega uma vassoura e começa a varrer. Um pouco entusiasmado demais, achei. Então vai tocar o sino. Ele puxa a corda. O sino não badala. Ele olha para as mãos. Vermelho. Vermelho de sangue. Ele grita.

Eu estava começando a ficar assustado.

O padre entra correndo na igreja. A bicicleta não está mais nos degraus. Eu sabia que ele devia tê-la acorrentado. Ele sobe os degraus até a torre do sino. E encontra uma trilha de sangue.

A essa altura, minha versão de 10 anos está tendo palpitações.

O padre segue o sangue até o sino onde... uma menina morta, sangue escorrendo de suas feridas duplas no pescoço, cai.

E aquilo foi o suficiente para mim. Fui para a cama. E ainda assim... ainda assim... Eu não ia desistir. Jurei que aquele não seria o fim. Ah, não. Eu não seria vencido. Então tentei novamente. Um velho filme em preto e branco da Universal dessa vez. *Frankenstein*, uma mistura da teatralidade inglesa afetada com o expressionismo alemão. Fácil demais. Nenhum problema. E era ótimo, mas não era Hammer. Então, com mais coragem, tentei novamente. Karloff e Lugosi foram minhas drogas de iniciação. Lee e Cushing foram as mercadorias pesadas. E foi isso. Fiquei viciado.

Depois daquilo, filmes da Hammer (e da Amicus e até mesmo da Tigon) ocuparam uma enorme parte da minha infância. Eu comprei, e ainda tenho, cada número da revista *The House of Hammer* (ou qualquer que fosse o nome dela naquele mês), os livros enormes e cheios de ilustrações de Alan Frank e Denis Gifford sobre filmes de terror e tudo em que conseguia colocar minhas mãos. E quando a BBC começou sua sessão dupla de terror em uma noite de sábado... eu estava no paraíso. Ou no inferno, o que você preferir.

Não sei dizer o quanto eu amava esses filmes. E ainda amo. Suas gloriosas cenas sangrentas em tecnicolor agora estão conectadas ao meu DNA de escritor. Tenho uma coleção vergonhosamente grande de DVDs e Blu-rays da Hammer. E ainda assisto. Até o fim, agora.

Então, quando recebi uma ligação me pedindo para escrever a sequência de *A mulher de preto* para a Hammer Books, agarrei a oportunidade. Não hesitei, não parei para pensar. Meu nome e Hammer na lombada de um livro? Com certeza.

Mas então... Espere um pouco. Eu havia acabado de concordar em escrever a continuação de uma das melhores histórias de fantasmas de todos os tempos. Eu seria capaz de fazer isso? Não sei. E a única coisa que eu sabia era que, se eu não fizesse, eles pediriam a outra pessoa. E isso seria pior que simplesmente não fazer.

E a outra coisa que me atraiu foi que não era apenas um exercício de nostalgia. Eu não queria fazer uma recauchutagem de um romance original da mesma forma que a Hammer não queria fazer filmes que só atrairiam um público de cinquenta anos atrás. A Hammer não sente remorsos por fazer o tipo de filme que você esperaria que a equipe original estivesse fazendo, se eles tivessem continuado no século XXI.

Então fiz o melhor que pude. Espero não apenas ter honrado o romance original mas também ter escrito algo que teria deixado eletrizado aquele menino de 10 anos que estava amedrontado demais para olhar, mas que queria desesperadamente continuar assistindo. Isto é para ele. E para toda aquela geração de espectadores e leitores que cresceu a seu lado. Mas também é para a próxima geração, que está assistindo aos novos filmes da Hammer cobrindo os olhos e aprendendo como é maravilhoso ficar com medo.

Martyn Waites
Julho de 2013

Este livro foi composto na tipologia Cantoria
MT Std, em corpo 11/15,5, e impresso em
papel off-white no Sistema Cameron da
Divisão Gráfica da Distribuidora Record.